강기슭에 선 사람은

KB064244

일러두기 • 본문 내 주석은 독자의 이해를 돕기 위해 옮긴이가 작성하였습니다.

강기슭에 선 사람은

데라치 하루나

川のほとりに立つ者は

김선영 옮김

Chapter 1

7월 23일의 하라다 기요세

　니나가 사라진 그날, 여름 끝자락의 저녁 무렵, 몹시도 짧은 잠에서 깨어나자마자 그녀가 사라졌음을 알았다. 에어컨으로 싸늘해진 몸을 일으키자 가슴 위에 놓여 있던 무언가가 떨어졌다. 그것은 한 권의 책이었다. 한 페이지에 하나의 알파벳이 적힌, 어린아이들을 위한 그림책. 어째서 그런 물건을 그녀가 두고 갔는지, 그때의 나는 알지 못했다.

　창문으로 저녁노을이 비쳐 들어오고 있었다. 침

대 가장자리에 하얀 담요가 덩그러니 놓여 있었다. 니나는 그것을 '블랑카'라는 애칭으로 불렀다. '우리 블랑카'라고. 쌀쌀한 밤에는 그 담요를 함께 둘렀다. 어떨 때는 둘둘 만 그 담요를 품에 안고 잠든 적도 있었다. 멀찍이서 보면 하얀 개를 품고 있는 것도 같았다.

"니나." 나는 그녀의 이름을 불렀다. 니나가 항상 앉아 있던 의자를 향해. 아무도 없는 욕실, 그녀가 항상 들여다보던 거울을 향해. 대답은 없었다.

"당신은 나란 사람을 얼마나 알고 있어?"

내가 잠에 빠지기 직전, 니나가 그렇게 말한 기억을 떠올렸다. 나는 내려오는 눈꺼풀을 열심히 치켜뜨며, 빗질을 하는 그녀를 보았다. 니나는 내게 등을 돌리고 있었다. 그녀의 머리카락은 검고, 탐스러웠다. 깊은 밤거리를 흘러가는 고요한 강물처럼 빛을 품고 풍성하게 굼실거렸다.

"얼마나 알아?" 니나가 또 물었다. "말해 봐."

"어째서 그런 걸 물어?"

"따지지 말고." 니나가 말했다.

"뭐든 다 알지." 나는 그렇게 대답했다. 그리고 잠이 들었다.

나는 무엇 하나 알지 못했다. 그녀에 대해, 무엇 하나.

무릎 위에서 울리는 스마트폰 진동이 휴식 시간이 5분 남았음을 알렸다. 기요세는 예전에 한번 너무 집중하는 바람에 휴식 시간이 끝난 줄도 모르고 책을 읽는 실수를 저질렀다. 그 후로 알람을 맞추고 휴식 시간을 관리하게 되었다.

스마트폰을 보니 아직 8분 전이었다. 알람이 울린 게 아니라 전화가 걸려 온 것이다. 시외국번으로 시작되는 낯선 전화번호를 잠시 쳐다보았다. 낯선 번호로 걸려 온 전화를 받는 것에 거부감이 있다. 어디 사는 누구의 전화번호인지 검색해서 확인하고, 필요하다면 이쪽에서 다시 건다. 전에 고향집에서 전화를 받았다가 재활용품 수거업자가 상상을 초월할 정도로 끈질기게 들러붙어 질려버린 경험이 있기 때문이다.

지금 당장 전화번호를 검색해 볼까, 귀찮은데, 나중

에 해도 되겠지. 그런 생각을 하는 사이 3분이 흘렀다. 책을 덮고 휴게실 벽에 걸린 거울을 보며 머리카락을 정돈했다. 마스크에 묻으니 립스틱도 립글로스도 바르지 않는다. 거울 옆에는 '청결 확인표'라는 제목의 체크 리스트가 붙어 있다. 손톱은 길지 않은지, 머리카락은 단정한지, 열 개 항목에 이른다. 작성한 사람은 기요세였다. '점장 하라다 기요세'라는 이름도 똑똑히 적혀 있다. 이 카페 클로셰트(clochette, 프랑스어로 '작은 종'이라는 뜻)에서, 기요세 외에 다른 직원들이 체크 리스트를 활용하고 있는지는 알 길이 없다.

《깊은 밤의 강》이라는 책을 읽고 있었다. 소설은 좋아하지만 외국문학은 지금까지 거의 읽어본 적이 없다. 분명 잘 안 읽힐 거라고 지레짐작했는데 제법 재미있다. 바빠서 오후 8시가 다 되도록 쉬지 못했다는 사실에 대한 갈 곳 없는 울분을 잊고 독서에 빠져들고 말았다.

3단짜리 공간박스 두 개, 그것이 기요세의 자택에 있는 책장이었다. 책이라는 것은 금세 늘어나는 법이라, 지금은 책장에 다 들어가지 않아 바닥에 탑처럼 쌓여 있다. 조금 더 제대로 된 책장을 사러 가야 하는데 매번 생각뿐이다. 지난 몇 달, 휴일에는 지쳐서 잠만 자고 있다.

매달 그리 많은 책을 사는 것도 아닌데 점점 늘어난다. 집을 찾아오는 친구들이 "이거 재미있더라"라며 책을 두고 가기 때문이다. 덕분에 읽을 책은 풍족하지만 출처를 알 수 없는 책이 집에 잔뜩 있는 상황이다.

이따금 바닥에 쌓인 책이 저도 모르는 사이에 엄청난 높이에 이른 적이 있어 "혹시 책도 잡초처럼 저절로 자라나······?" 하고 의심한 적도 한두 번이 아니다.

이 《깊은 밤의 강》이라는 문고본도 직접 산 책은 아니었다. 어떻게 흘러들어 온 책인지는 알지만 지금 이 타이밍에 적극적으로 떠올리고 싶은 출처는 아니다. 오늘 아침, 탑의 중간쯤에서 대충 뽑아 든 책들 사이에 섞여 있었다.

뭐, 됐어. 그런 건 아무래도 상관없어. '니나'가 어디로 사라졌고, '나'라는 존재가 앞으로 어떻게 할지, 그런 문제도 지금은 고민하지 않으련다. 일이 끝나면 읽어보고 확인하자.

"점장님."

손을 씻고 있는데 두 번의 노크 소리와 함께 아오키

가 휴게실 문을 열고 들어왔다. 대학생이지만 이곳 클로세트에서 아르바이트를 한 지 벌써 2년째다. 키가 큰 청년으로 나란히 서면 기요세의 머리는 딱 그의 어깨높이에 닿는다.

"무슨 일이야?"

점장이라고 불리긴 하지만 고등학생 용돈만큼의 수당이 더 붙을 뿐, 권한은 없다. 결근 인원이 생기면 출근해야 하고, 가게 안에서 문제가 발생하면 그 책임을 떠맡는다. 오사카에 세 군데 있는 클로세트 점포의 점장 중에서 기요세가 스물아홉 살로 가장 젊다. 사장이 무책임하게 자네, 점장 좀 맡아, 라고 정한 게 올해 1월이었다. 그리고 얼마 지나지 않아 코로나 바이러스 소동이 벌어져 직원 수가 줄어드는 바람에 결과적으로 기요세는 계속 출근해야 했고, 손님은 적은데 일은 늘었다. 뒤통수를 맞았다는 생각만 커졌다.

클로세트는 원래 사장이 혼자 시작한 잡화점이었다고 들었다. 직업이 파티셰인 여성과 결혼한 것을 계기로 점포 인테리어 일부를 고쳐서 카페 영업을 시작했는데 이게 제법 인기를 끌었다. 지점을 늘리고 식사 메뉴도 파는 카페 콘셉트로, 엄청난 인기 카페는 아니지만 매년 흑자를 내고 있다.

이 부근에 카페가 없었던 것도 사장에게는 행운이었다. '잠깐 차나 한잔' 하고 싶을 때 쉽게 들어갈 수 있는 가게. 오사카 우메다까지 민영 전철로 30분 걸리는 동네. 파친코 가게와 다코야키 가게는 많지만 카페는 거의 없다.

"시나가와 씨가 문제를 일으켰어요."

아오키가 눈썹을 찡긋 찌푸렸다.

"또?"

시나가와 씨는 흔히 말하는 트러블메이커였다. 기요세보다 한 살 많은 여성으로 일단 활기차다. 그 점은 정말 훌륭하지만 지각이 잦다. 천성이 덜렁꾼인지 사물함에 개인 물품을 잔뜩 쑤셔 넣어 문이 망가지는 바람에 짐이 쏟아진 적이 두 번이나 있었다.

임기응변이라는 개념도 없는지 겨우 며칠 전에도 "알레르기가 있으니 마요네즈를 빼달라"는 주문을 "그렇게는 안 됩니다"라고 단칼에 거절해 손님이 화를 냈다. 이번에는 대체 무슨 '문제'일까?

거울에 비친 자기 미간에도 아오키와 마찬가지로 잔뜩 주름이 잡힌 것을 보고 기요세는 심호흡을 했다. 이런 자리에 주름이 생기게 둘 수는 없다. 짜증에 휩쓸려서는 안 된다.

"곧 갈게."

아오키 쪽을 돌아보지 않은 채 그렇게 말하고 손에 남은 거품을 씻어냈다.

끔찍한 하루였다. 가게 문을 잠그며 기요세는 그 자리에 주저앉을 뻔했다. 오늘 시나가와 씨가 저지른 '문제'는 '카페 한복판에서 남들 이목도 아랑곳없이 펑펑 울어버린' 일이었다. 카페 점원으로서 해서는 안 될 행동이다. 더군다나 운 이유가 '손님이 용모를 비하해서'라고 했다.

손님은 남성 둘에 여성 한 명이었다. 그중 한 명이 옆 테이블을 닦고 있던 시나가와 씨를 "거기 언니!"라고 불렀고 시나가와 씨는 그 말에 대답하지 않았다. "나를 부르는 줄 몰랐다"는 것이었다.

무시당했다고 여긴 여성이 시나가와 씨의 소매를 잡

아당겼고, 시나가와 씨는 놀라서 그 손을 뿌리치고 말았다. 그 바람에 유리잔이 쓰러졌고, 시나가와 씨의 말에 따르면 놀란 남성이 '용모를 비하하는 발언'을 했다.

심경은 이해하지만……. 기요세는 중얼거리며 겨우 일어섰다. 이번에는 분명 손님이 잘못했다. 하지만 애초에 시나가와 씨가 처음 부르는 소리를 바로 알아들었다면 일어나지 않았을 문제다. 점원은 언제 어느 방향에서 손님이 부를지 모르니 매사 주위 손님들을 염두에 둬야 한다는 것이 기요세의 생각이다.

한 번 더 문단속을 하고 'CLOSED' 팻말 위치를 살짝 조절했다. 밤 10시가 지났지만 여전히 대낮의 햇볕을 잔뜩 머금은 포장도로의 열기가 발밑에서 기어올라 와 기요세의 체온을 달구었다.

"시나가와 씨. 정말 손님이 부르는 줄 몰랐나요?"

훌쩍훌쩍 우는 그녀에게 기요세는 애써 화를 억누르며 물었다. 당신은 항상 그렇잖아요. 사실은 그렇게 말하고 싶었다. 두 가지 일을 동시에 처리 못 하는 타입이라고 할까, 가령 한창 테이블을 정리하고 있을 때 달리 신경 쓰이는 문제가 생기면 바로 그 자리를 내팽개치고 다른 쪽으로 가버린다. 음료를 서빙하다가도 다른 손님이 부르면 음료를 든 채로 그 손님 쪽으로 가버린다. 그저 한마디, "잠시만 기다려주세요"라고 하면 끝날 일인데. 다른 사람도 아닌 본인 입으로 "저는 아무래도 멀티태스크가 안 되는 모양이라"라고 말하는 것을 듣기는 했지만, 아무리 그래도 정도가 있지.

"들어보세요, 시나가와 씨. 세상에는 나쁜 사람도 많아요. 저도 겪었어요. 추녀라는 말도 들어봤고, 반대로 호스티스로 착각해서 손을 잡으려 드는 불쾌한 손님도 많았어요. 하지만 그런 걸 일일이 진지하게 받아들이면 서비스업은 할 수가 없어요."

몇 시간 전에 시나가와 씨에게 한 말은 기요세가 바로 평소 자신을 타이를 때 하는 말이다. 대충 흘려듣지 않으면 무너진다. 직장 동료가 오래오래 일할 수 있도록 기요세 나름의 처세술을 전하려고도 했다. 하지만 시나가와 씨는 "하지만 전 정말 상처받았단 말이에요"라며 귀담아들으려 하지 않았다.

무거운 한숨을 내쉬며 머릿속으로 셋까지 세고 간신히 발걸음을 뗐다. 셋을 세는 행동에 큰 의미는 없다. 마음이 무거울 때, 지쳤을 때, 다음 행동으로 옮겨가는 계기 삼아 하는 행동이다. 누가 그렇게 하라고 가르쳐준 것도 아닌데 어느새 몸에 밴 버릇 중 하나였다.

끔찍하기 짝이 없는 하루였다. 그러고 보니 출근 전에 쓰레기를 버리려는데 복도에서 쓰레기봉투가 터져서 당황했고, 껌도 밟았고, 시나가와 씨는 저 모양이고, 아오키도 그 후에 주문을 잘못 받았다.

오늘은 그만 맥주나 마시고 잠이나 자자. 책은 내일 이어서 읽어야지. 내일은 2주 만의 휴일이다.

배가 고팠지만 지금 무엇을 먹고 싶은지도 모르겠다. 냉장고에 뭐가 들어 있는지 기억도 나지 않는다. 빵, 햄, 달걀 정도는 있을까? 편의점에 들르기는 피곤하다. 어차피 뭘 먹고 싶은지 모르니까. 도시락이나 샌드위치 판매대 앞에서 무엇을 살지 고민하느라 한참 우물쭈물하는 자기 모습이 쉽사리 떠올랐다. 그렇다고 해서 끼니를 거를 수는 없다.

시나가와 씨는 원래 다른 점포에서 면접을 보고 채용되었다. 사장이 기요세를 불러 "이 사람, 자네한테 맡기고 싶은데"라고 이력서를 떠넘긴 순간부터 감당 못 할 타입이라는 예감은 들었다.

이력서에는 누구나 알 만한 유명 대학의 이름과 고집 세 보이는 굵은 눈썹, 똑똑해 보이는 시원스러운 이마를 가진 여성의 사진이 있었다. 이 정도 학력이면 어디든 취직할 수 있을 텐데, 경력에 '없음'이라고 적혀 있어 의아하게 여겼던 기억이 있다.

인재를 양성하는 것도 자네 일이니까, 라며 그럴싸한 소리를 지껄이던 사장의 얼굴이 떠오르자 혀를 끌끌 찰 뻔했다. 성격이 고약해 보이니 혀를 차는 버릇은 고치라고 충고해 준 건 누구였을까, 이제는 잊어버렸다.

아니, 거짓말이다. 그건 아니다, 똑똑히 기억하고 있다. 《깊은 밤의 강》의 원래 주인. 생활에 지장이 생기니 최대한 떠올리지 않으려 하는 것뿐이다.

"무례한 말을 한 쪽이 잘못한 것 아니에요? 손님이면 무슨 말을 해도 되는 건가요?"

그런 소리를 해봤자 손님이 오지 않으면 가게는 망하고 우리는 일자리를 잃는다. 그렇게 말하고 싶었지만 말하지 못한 것은 그녀가 옳다는 사실을 알기 때문이다. 붉어진 눈으로 주장하는 시나가와 씨는 빈틈 한 조각 없이 옳았다. 시나가와 씨는 언제나 옳다. 전에 단골손님을 화나게 했을 때도 그랬다.

그 단골손님은 사장과 친분이 있는 여성이었다. 그저 그 이유 하나로 "홍차에 곁들이는 레몬 두께는 5밀리미터로 썰어주겠어요?"라고 까다롭기 짝이 없는 주문을 한, 그런 주문을 해도 허용된다고 생각하던 여자.

원래 그녀의 그런 까다로운 주문을 거절하는 일은 점장인 기요세의 역할이었다. 그런데 주문을 거절하는 것보다 말을 들어주는 게 편하다는 안일한 생각에 빠져 그녀가 시키는 대로 행동한 것은 기요세의 태만이었다.

"아, 그렇게는 안 됩니다"라고 단호하게 말한 시나가와 씨를 아오키는 상식이 없다고 표현했고, 기요세도 부정하지 않았다. 하지만 어쩌면 그때 '상식'이란 무엇인지, 모두 철저히 토론했어야 했던 게 아닐까? 사실 잘못한 것은 나인데, 시나가와 씨 한 사람에게만 책임을 떠넘긴 건 아닐까?

시나가와 씨는 기요세에게 보기 싫은 것들만 보여준다. 생각하기 싫은 문제만 생각하게 한다. 하고 싶지 않은 후회만 떠오르게 한다.

어깨에 멘 캔버스지 토트백 안에서 스마트폰 진동이 울리고 있었다. 꺼내 보니 쉬는 시간에도 걸려 왔던 번호가 표시되어 있다. 끊으려다가 실수로 통화 단추를 누르고 말았다. 여보세요, 여보세요, 다급한 목소리가 들려온다.

"하라다 기요세 씨 맞습니까?"

그런 말에 이어 병원 이름이 이어졌다.

"마쓰키 게이타 씨라는 남성을 아십니까?"

반사적으로 "아니요"라고 대답할 뻔했다. "그런 인간 모릅니다" 하고 버티고 싶었지만 병원 전화라니, 보통 일이 아니다. 마쓰키가 어떻게 됐는지 되묻는 목소리가 저도 모르게 떨렸다.

기요세가 병원에 도착했을 때, 마쓰키는 집중치료실 침대에 누워 있었다. 의식불명의 중태라고 했다. 눈을 굳게 감고 있는 마쓰키의 얼굴은 몹시도 창백했고, 뺨에 난 찰과상이 안쓰러웠다. 마쓰키는 전철역 북쪽 출입구로 이어지는 육교 밑에서 발견되었는데 곁에는 또 다른 남성이 쓰러져 있었다고 한다. 구급차를 부른 것은 우연히 그곳을 지나던 여성이었다. "두 남자가 육교 위에서 서로 멱살을 잡고 싸우는 모습이 보였다. 경찰에 신고하는 게 나을 것 같아 스마트폰을 꺼내려고 가방을 뒤지는 사이에 두 사람이 균형을 잃고 계단에서 굴러떨어졌다"고 한다. 마쓰키는 왼발이, 다른 남성은 오른발이 부러졌다. 두 사람 다 생명에 지장은 없지만 병원으로 호송된 지 몇 시간이나 지난 지금도 깨어날 기미가 없다.

마쓰키는 휴대전화도 지갑도 갖고 있지 않았다. 주머니에는 아파트 열쇠 하나뿐, "열쇠에 달려 있던 금속 호루라기 안에서 이게"라며 간호사가 자그마한 종잇조각을 건네주었다.

호루라기는 오래전 기요세가 마쓰키에게 준 물건이었다. 선물이라고 할 만큼 대단한 건 아니었다. 재난 구호품을 인터넷으로 샀더니 두 개가 들어 있어 하나를 나누어주었다. 고작 그뿐이었는데 마쓰키는 뛸 듯이 기뻐했다.

"필요 없으면 버려도 돼."

기요세는 그렇게 말했지만 마쓰키는 "말도 안 되는 소리"라며 고개를 젓더니 "기요치한테 받았는걸, 그럼 당연히 소중히 간직해야지"라고 선언하더니 그 말대로 가방에 달았다가 지갑에 달았다가, 때로는 체인에 꿰어 목에 걸고 자세를 취하기도 하며 몹시 기뻐했다.

기요치. 마쓰키는 기요세를 그렇게 불렀다. '하라다 씨'가 '기요세 씨'가 되기까지 일주일, '기요세 짱'이 되기까지 일주일. 그게 기요세가 되고, 이름을 줄여 '기'라고 부르기 시작하더니 '기코'라느니, '기 후작'이라느니, '기 백작 영애'라느니, 점점 영문을 알 수 없게 변하다가 최종적으로 원형조차 찾아볼 수 없는 '캐럴라인 백작 영애'라는 호칭으로 바뀌었다. 사람들 앞에서 그렇게 불리는 게 몹시도 부끄러웠다. 그건 부르는 쪽도 마찬가지였는지 결국 평소에는 단순하게 '기요세', 기분이 좋을 때나 단둘이 있을 때는 '기요치'라는 두 가지로 정착했다.

기요세는 '마쓰키 씨'가 '마쓰키'로 바뀌었을 뿐이다. 성이 아닌 '게이타'라는 이름으로 부를 타이밍을 계속 놓치기만 하다가 만남마저 사라졌다.

호루라기의 빈 공간에 둥글게 만 종잇조각이 들어 있었다. 종잇조각에는 이름과 주소, 혈액형을 쓰는 칸이 있었고 마쓰키는 들뜬 기색으로 펜을 꺼내 채워넣기 시작했다.

그렇게 '긴급연락처' 칸에 다다랐을 때, 문득 고개를 들고는 "여기, 기요세 전화번호 써도 돼?"라고 물었던 것이다. 깊이 생각하지 않고 "그래"라고 대답하자 마쓰키는 또 기쁜 표정으로 끄덕거리며 전화번호를 썼고, 조심스럽게 종이를 말아 호루라기 속에 넣었다.

오늘까지 그런 기억, 한 번도 떠올리지 않았다. 마쓰키 역시 이 호루라기를 누구에게 받았는지, 자기가 이 종잇조각에 누구 연락처를 썼는지, 오래전에 잊었을지도 모른다.

전화로 간호사가 기요세에게 '이 남자와 어떤 관계인지' 물었을 때, 기요세는 "어…… 약혼자예요"라고 거짓말을 했다. 순간적으로 그렇게라도 말하지 않으면 떨떠름하게 개인정보 보호가 어쩌니 하며 자세한 정보를 알려주지 않을 것 같다는 생각이 들었기 때문이다.

바인더 같은 자료를 가슴에 끌어안은 간호사는 기요세와 마주 보고 서 있다가 누가 부르는 소리에 황급히 자리를 떴다. 이야기가 끝나지 않았는데 방치된 꼴이 되었지만 오히려 고마웠다.

약혼자라니. 다시 생각해도 부끄러운 거짓말이다. 하지만 만약 정직하게 대답했다면 틀림없이 구구절절 설명해야 했을 것이다.

마쓰키와 제 관계 말씀인가요? 예, 마쓰키하고는 올 2월까지 교제했습니다. 잊을 수도 없는 작년 여름, 7월부터 사귀기 시작했는데, 아, 처음 만난 건 그보다 조금 전인데요, 어쨌거나 사귀는 사이였습니다. 과거형으로 말씀드리는 건 2월부터 오늘까지 한 번도 만나지 않았거든요. '헤어지자'고 서로 확실하게 말한 건 아니고, 그냥 조금 다투었달까요. 그 직후에 왜 그 바이러스가 좀 그랬잖아요, 긴급한 경우가 아니면 외출을 삼가달라고 하니 역시 누굴 만나도 되는 걸까? 소중한 사람이니 지금은 더욱 만나면 안 되지 않을까? 그렇게 고민하지 않겠어요?

게다가 저도 일 문제도 있고 이래저래 바빠서, 그렇게 오늘까지 그 상태 그대로, 마쓰키와 헤어질 생각은 당연히 없었지만, 아니, 하지만 상대가 어떻게 생각했는지는 모르는 일이죠. 모르지만 연락은 했어요. 하지만 통화하면 매번 껄끄러웠어요. 애초에 마쓰키가 비밀을 만든 게 문제였는데, 정말, 정말이라니까요. 저기요, 네?

어떻게 생각해요? 저희 관계, 이미 망가지기 시작한 걸까요?

이런 상황에서 간호사에게 그런 소리를 할 수는 없다.

한 번 더, 잠든 마쓰키를 보았다. 튜브를 잔뜩 달고 있는 애처로운 모습. 오랜만의 재회가 이런 상황이라니, 생각도 하지 못했다.

육교 위에서 싸움. 서로 멱살을 움켜쥐고. 상대는 아는 사람일까? 아니면 초면일까? 어쨌거나 기요세는 상상이 가지 않았다. 기요세가 아는 마쓰키는 언제나 태평하게 웃고 있었다. 도저히 남과 싸우거나 폭력을 휘두를 것 같지 않았다.

복도 끝에서 간호사가 두 사람을 상대로 이야기하고 있다. 키가 큰 여자와, 키는 평균이지만 탄탄한 몸집의 남자. 간호사가 기요세 쪽을 돌아보자 그 두 사람도 기요세를 쳐다보았다. 천천히 다가와 병실에서 나와주지 않겠냐고 기요세에게 속삭였다. 여자는 바지 정장 차림. 남자도 정장이지만 넥타이는 하지 않았고 재킷도 바지도 셔츠도 전체적으로 주름투성이였다.

"하라다 기요세 씨라고요."

그들이 내민 명함에는 경찰서라는 글자가 적혀 있었다. 드라마에서 흔히 보듯 검은 수첩을 내밀지는 않는구나, 그런 생각을 하며 명함을 받았다. 여자는 아키타, 남자는 무라모토라고 했다.

마쓰키와 무슨 관계인지 묻기에 약혼자라고 대답하자 무라모토가 "마지막으로 만난 건?" 하며 수첩을 펼쳤다.

"2월이요. 2월 말."

"2월 말? 꽤 오래전인데요."

"아니, 오늘까지 계속 사회적 거리 두기니 뭐니 말이 많았잖아요. 연락은 하고 있었어요."

통화할 때마다 말다툼으로 끝났다는 말은 하지 않아도 되겠지.

"아아, 흐음."

무라모토가 의심스러운 눈빛으로 기요세를 바라보며 뺨을 긁적였다. 아키타는 그런 동료를 타이르듯 살짝 노려보더니 마쓰키에게 다른 가족은 없는지 물었다.

"아뇨, 부모님도 계실 거예요. 도쿄에 계신다고 들었는데. 다만 평소에는 거의 연락을 하지 않는다고 했어요.

그래서 긴급연락처에 제 이름을."

"그렇군요. 부모님 댁 주소는 아십니까?"

"아뇨, 그건."

아키타는 뭔가 확인하려는 듯 기요세의 눈을 물끄러미 들여다보았다.

"약혼자인데?"

"죄송해요. 마쓰키는 가족 이야기를 별로 하지 않았거든요……. 하지 않아서요."

"그러시군요. 그럼 7월 23일, 오늘이죠. 오늘 19시 10분경, 어디에서 무엇을 하고 계셨습니까?"

아아, 드라마에 자주 나오는 그거다. 나는 지금 형사와 대화하고 있는 것이다. 기묘하게 현실감이 희박하다고 할까, 렌즈 너머로 세상을 보는 것처럼 눈앞의 광경이 멀찍하게 느껴졌다.

"일하고 있었어요."

"증명해 줄 사람은?"

"……직원 모두, 그리고 손님도요."

클로셋, 라고 무라모토가 가게 이름을 수첩에 적는 모습을 보았다. 연필을 이상하게 쥔다. 가운뎃손가

락과 집게손가락이 어떻게 된 건지 힐끔 봐서는 알 수가
없다.

"저, 마쓰키에게 무슨 일이라도 있었나요?"

"그걸 지금 조사하는 겁니다."

아키타와 무라모토가 의미심장하게 눈짓을 주고받
더니 이윽고 아키타가 사진 한 장을 보여주었다. 면허증
사진을 컬러로 확대 복사한 듯한 사진이었다. 이 남성을
아십니까, 하고 묻기에 고개를 저었다.

"혹시 이 사람이, 저, 마쓰키하고 싸운 상대인가요?"

아키타는 대답하지 않았다. 무라모토도 무뚝뚝하게
침묵하고 있다. 제삼자에게는 알려줄 수 없는 일이 분명
많겠지. 제삼자. 그렇게 생각하니 발밑이 서늘해졌다. 나
는 역시 제삼자일까?

아키타와 무라모토는 순간 날카로운 눈빛을 주고받
더니 기요세에게 인사를 남기고 집중치료실로 돌아갔
다. 집중치료실은 거대한 정사각형 공간으로, 실내 한가
운데가 긴급 처치를 위한 장소인 것 같았다. 요란한 기계
가 잔뜩 늘어서 있다. 그 기계들을 한 바퀴 에워싸듯이
침대가 설치되어 있었는데 형사들은 마쓰키의 반대쪽 침

대로 향했다. 기요세는 몰래 그들의 뒤를 따라갔다.

기요세는 어떻게 사용하는 건지 짐작도 가지 않는 회색 장치 뒤에 숨어 그들의 행동을 살폈다. 칸막이 커튼이 열리더니 중년 여성이 나왔다. 투실한 몸집에 짧게 자른 머리. 의식불명 남성의 어머니일지도 모른다. 아키타와 무라모토는 기요세 때와 마찬가지로 그녀를 복도로 데려갔다. 기요세는 조금 떨어진 곳에 서서 귀를 기울였다.

그 여성이 "마쓰키는 그렇게 나쁜 아이가 아니에요!"라고 외치는 소리가 들렸다. 저 사람은 마쓰키와 아는 사이인가?

형사들이 대화를 끝내자 여성은 서둘러 집중치료실로 돌아갔다. 그 몸이 커튼 뒤로 사라졌다. 형사들이 떠나는 것을 지켜본 뒤에 가까이 다가가자 커튼 너머에서 흐느껴 우는 소리가 들려왔다. 기요세는 천천히 그 자리를 벗어났다.

바로 돌아갈 기분이 아니라 병원 안을 정처 없이 돌아다녔다. 벽에 붙은 면회 주의사항에 대한 포스터를 올려다보았다. 체온이 37.5도가 넘는 사람은 면회를 삼갈 것. 입원 병동에 들어가기 전에 알코올 소독을 할 것. 미취학 아동 면회는 불가. 면회 시간은 30분 이내로 제한한다.

지난달까지는 면회 자체를 금지했다는 내용이 적혀 있다. 만약이라는 가정은 의미가 없지만, 마쓰키가 여기로 실려 온 게 지난달보다 전이었다면 얼굴조차 볼 수 없었을지 모른다.

새로 지은 것처럼 깔끔한 병원이었다. 로비가 3층 높이까지 뚫려 있고 에스컬레이터로 오갈 수 있다. 시내에 이런 병원이 생긴 줄도 몰랐다.

지금은 어두워서 잘 모르겠지만 안뜰도 아름답게 꾸며놓은 것 같았다. 지나치게 넓지만 여기저기에 커다란 안내표지판이 있으니 길을 잃을 우려도 적을 것 같았다.

안내표지판의 화살표 하나가 왼쪽을 가리키고 있었다. 식당이라고 적혀 있다. 1층에 식당이 있다는 사실을 알자 허기가 일었다. 화살표를 확인하고 걸음을 뗐다. 이런 때에도 끼니를 챙겨 먹으려는 스스로가 탐욕스럽고 냉담한 사람처럼 느껴졌다.

하지만 식당은 이미 문이 닫혀 있었다. 낙담해서 병

원에서 나오는데 패밀리 레스토랑이 보였다. 오는 길에는 당황해서 눈에 들어오지 않았던 모양이다.

창가 자리에 앉아 펼쳐 든 메뉴판에서 눈에 들어온 데미글라스 소스 오므라이스를 주문했다. 점원이 물러나고 나니 그게 마쓰키가 좋아하던 음식이었다는 게 생각났다.

기요세는 테이블에 두 팔꿈치를 괴고 두 손으로 얼굴을 푹 감싸며 지금 일어난 일을 정리해 보려 했지만 머릿속에 떠오르는 것은 마쓰키에 대한 단편적인 기억뿐이었다. 한쪽 뺨에만 패는 보조개나, 한밤중에 냉장고를 들여다보는 살짝 굽은 뒷모습이나, 그리고 펜을 쥐는 손동작.

기요세가 처음 반한 대상은 마쓰키 본인이 아니라 마쓰키가 쓰는 글씨였다. 황홀할 정도로 시원스럽고 힘찬 곡선, 굳건한 직선으로 구성된 글자들. 마쓰키는 클로셰트의 손님이었다.

클로셰트는 케이크 메뉴를 테이크아웃할 수 있다. 그날 테이크아웃용 계산대에서 일하고 있던 기요세는 유리 케이스 앞에 서서 한참 팔짱을 끼고 있는 남성의 존재를 당연히 눈치채고 있었다. 얼굴을 들이대기도 하고 한 걸음 물러나기도 하며 고개를 갸웃거리며 고민하는 건 알았지만 대놓고 쳐다볼 수도 없어서 '당신 쪽을 보고 있지는 않지만 존재는 인식하고 있고, 당신이 케이크를 정하면 바로 응대할 수 있습니다'라는 사실을 알리기 위해 '직접 시선을 주지는 않지만 얼굴과 몸은 남자 쪽을 향한' 상태로 대기하고 있었다.

한참을 그러고 있었는데 남자가 "아……, 하나도 모르겠네"라고 중얼거리는 소리가 들려 "도와드릴까요?"라고 말을 걸었다.

"업무상 사과할 일이 있어서 선물로 가져가려는데 어떤 과자가 좋은지 전혀 모르겠네요. 설명하자면 여자가 많은 회사인데, 그러니까, 일곱 명 가운데 여섯 명 정도가."

이런 건 어떨까요, 하고 남자가 롤케이크를 가리키기에 바로 "다른 걸 고르시는 게 좋을 거예요"라고 대답했다. 기요세는 클로셰트에서 일하기 전에 무가지를 만드는 작은 회사에서 잡일 아르바이트를 했다. 사무실로 선물도 자주 들어왔는데, 잘라서 접시에 담아야 하는 커다란 케이크나 카스텔라를 받으면 정말 짜증 났다. 귀찮기도 하고, 사원들 모두 책상에 서류니 뭐니 물건이 많아서 접시를 놓으려고 하면 늘 거치적거린다며 화를 냈다.

남자는 기요세가 권하는 대로 유통기한이 비교적 넉넉한 개별 포장된 쿠키를 구입했다. 영수증을 써달라고 했는데 기요세는 남자가 불러준 '주식회사 가도쿠라 섬유'라는 회사명의 '섬'이라는 한자가 기억나지 않았다. 끙끙대며 눈썹을 찌푸리는 기요세를 보고 남자는 바로 메모지에 큼직하게 '섬(纖)'이라고 적었다. 그 아름다운 글씨에 놀랐다.

그전에도 종종 손님이 거래영수증을 요청했을 때 한자가 생각나지 않아 쓰지 못한 적이 있었다. 클로셋트 입사 초기에 "당신, 이렇게 쉬운 한자도 몰라?"라고 중년의 여성 고객에게 혼난 적이 있다. 부끄럽기도 하고 분하기도 해서 계산대 뒤에서 운 적도 있다.

기요세가 "고맙습니다"라고 고개를 숙이자 남자는 "복잡한 한자니까 그럴 수도 있지요"라고 아무렇지도 않다는 듯 웃었다. 글씨 다음으로 웃는 얼굴이 좋았다. 상대를 높게 보지도, 낮게 보지도 않는 듯한 수평적인 태도. 그게 가능한 사람이 유감스럽게도 그리 많지 않다는 사실은 서비스업에 종사하면서 지긋지긋할 정도로 뼈저리게 느꼈다.

다시 마주친 것은 한 달 뒤였다. 영업이 끝나 가게 문을 잠그고 있는데 등 뒤에서 누가 불렀다. 젊은 남자 두 명이었는데 상당히 취해 있었다.

"일 끝났어, 언니―?"

"어디 놀러 가자, 언니―."

무시했더니 다짜고짜 어깨를 붙잡고 얼굴을 들이밀었다.

"어라, 귀여운 줄 알았는데 앞에서 보니 별것 아니네."

낄낄거리는 비웃음에 머리에 피가 쏠렸다.

그때 "기다렸지?" 하고 누가 끼어들었다. 그게 '섬'을 써주었던 남자라는 것을 금방 알아차리지는 못했다. 두 남자를 경계하느라 몸도 마음도 얼어 있었고, 영문 모를 소리를 하는 세 번째 남자의 등장에 혼란과 공포는 극에 달했다. 하지만 그가 "가자"라고 기요세를 재촉하면서 취객들을 똑바로 쳐다보며 "이 사람한테 무슨 볼일이라도 있습니까?"라고 강경하게 묻자 두 사람은 우물쭈물하다가 떠났다.

"저기, 괜찮아요?"

남자가 그렇게 물을 때까지 기요세는 자기가 떨고 있는 줄도 몰랐다. 그제야 비로소 도움을 받았다는 사실을 이해할 수 있었다.

24시간 패스트푸드 가게로 뛰어들어 간 것은 밝은 곳으로 피신하고 싶었기 때문이다. 도움을 받았다고는 해도 잘 모르는 남자와 밤길에 마주 서 있기가 무서웠다.

밝다 못해 무례할 정도로 강렬한 조명이 내리쬐는 가게 안에서 마주 앉아, 수상한 사람은 아니라며 내민 명함의 '마쓰키 게이타'라는 이름 위에 있는 '주식회사 가도쿠라 섬유'라는 회사명을 보고 그제야 상대가 누구인지 알았다.

마쓰키가 가져다준 커피에 입을 댈 무렵에는 떨리던 몸도 진정되었다.

그가 커피를 마시며 "진정되셨어요?"라고 묻기에 기요세는 고개를 끄덕였다.

"종종 있는 일이지만 역시 매번 무섭네요."

"종종 있습니까?"

얼굴을 잔뜩 찌푸리며 "더 세게 말해 줄 걸 그랬네" 하고 창밖을 바라보았다. 아직 그 두 사람이 주변을 어슬렁거리고 있기라도 한 것처럼.

"단호하게 거부하는 게 좋아요, 그런 무례한 인간들."

마쓰키의 말에 뺨이 서서히 달아올랐다. 기요세는 그 열을 처음에 수치심으로 착각했다.

"그건 당신이 남자니까 할 수 있는 소리예요."

반론하고 나서 아니라는 것을 깨달았다. 수치심이 아니라 분노였다. 나는 지금 화를 내고 있는 것이다. 그렇게 자각한 순간 말이 넘쳐났다.

밤의 가게 밖에서, 주위에는 인적도 없고 상대는 자기보다 훨씬 덩치 큰 남자, 게다가 두 명이었다. 섣불리 자극했다가 무슨 짓을 당할지 모른다는 공포를 당신은 모르지 않느냐고 퍼부었다. 남자는 모른다. 남자는, 알 턱이 없다.

마쓰키는 눈을 둥그렇게 뜨고 깊은숨을 내쉬었다.

"맞는 말씀입니다……. 그런가, 제가 상상력이라고 할까, 아니, 배려심이랄까, 뭔가 여러모로 부족했네요."

죄송합니다, 하고 순순히 사과하니 오히려 기요세가 당황스러웠다. 저야말로 아뇨, 정말, 하고 한참 동안 서로 고개를 꾸벅거리다가 누가 먼저랄 것 없이 웃음을 터뜨렸다.

이 사람, 괜찮네. 그렇게 생각했다. 뚜렷한 '호감'은 아니었고, 하물며 절대로 이성에 대한 끌림도 아니었다. 담담하지만 깊이 다가오는 '훈훈함'이었다.

그 후 커피를 두 번 리필해 가며 여러 가지 이야기를 나누었다. 몇 시간은 떠들었을 텐데, 즐거웠다는 기억은 있지만 세세한 대화 내용은 잊어버렸다.

마쓰키는 섬유제품 도매 회사에서 영업 일을 하고 있다고 했다. 7, 80년대인가 싶을 정도로 낡은 회사라고 한참 하소연한 뒤에 기요세의 직장을 '세련되었다', '세련된 카페'라고 연발해서 웃고 말았다. 분명 서로 동갑임을 알았을 때가 최고조였다.

한참 떠들고 나서 마쓰키가 "실은 오늘 클로셋에서 식사를 하려고 찾아갔어요. 영업시간을 착각해서 늦고 말았지만"이라고 털어놓았다.

"그러셨군요."

"······지난번에 본 점원이, 당신이, 있으면 좋겠다고 생각하며 갔습니다."

당신은 오늘은 운수 나쁜 날이었을지 모르지만 저는 운이 좋았어요, 하고 쑥스러운 듯 웃던 마쓰키.

6월의 일이었다. 그 뒤로 몇 번 만나다가 교제를 시작했다. 그 무렵은 정말 하루하루가 즐거웠다. 사소한 말다툼은 있었다. 몇 번이나 있었다. 하지만 그때마다 화해했다. 만약 그대로 잘 풀렸으면 교제 1주년을 축하하기도 했을까? '만약'은 생각해 봤자 소용없는 일이지만, 그래도.

"오래 기다리셨습니다."

그런 말과 함께 오므라이스 접시가 눈앞에 놓여 기요세는 현실로 돌아왔다. 계산서를 놓는 점원에게 "고맙습니다" 하고 고개를 숙였다.

하나, 둘, 셋. 머릿속으로 카운트다운을 하면서 숟가락을 찔러 넣었다. 김이 모락모락 솟아오르더니 노란 달걀이 진득하니 쏟아져 내린다. 그 아래에 깔린 케첩 볶음밥도 함께 떠서 한입 크게 삼켰다. 먹자. 이럴 때일수록 더.

마쓰키에게 무슨 일이 있었는지 알고 싶다. 정말 싸움을 했다면 그럴 만한 이유가 있었을 것이다. 사귀는 동안 기요세는 마쓰키가 누구에게 폭력을 휘두르는 모습은커녕 심통이 나서 언성을 높이는 모습조차 본 적이 없다. 모든 기억의 상자를 탈탈 털어 뒤져보았지만 폭력성이라고는 한 조각도 찾을 수 없었다. 마지막으로 만난 날도 그랬다. 기요세가 일방적으로 화를 내고 몰아세웠고, 마쓰키는 그저 난처한 표정만 짓고 있을 뿐이었다.

　　다정하고, 솔직하고, 정의로웠다. 기요세에게 마쓰키는 그런 사람이다.

　　하지만 정말 그렇게 단정해도 될까? 거의 기계적으로 오므라이스를 입에 넣으며 기요세는 생각을 이어나갔다.

　　물론 작은 불만은 얼마든지 있었다. 흔히 마쓰키가 라인(LINE) 채팅 메시지를 좀처럼 확인하지 않는 점. 전화를 받지 않는 일도 흔했다. 어떨 때는 일주일 넘게 연락이 닿지 않는 일도 있었다.

　　매번 스마트폰을 잊었다느니, 떨어뜨렸다느니, 떨어뜨린 후로 들고 다니지 않는다느니, 그래서 바로 답장을 하지 못했다느니, 그런 변명을 했다. 기요세는 "어머, 그랬구나" 하고 고개를 끄덕거렸지만 속으로는 '또야?' 싶었다.

게다가 그날도. 아무리 따지고 들어도 "말할 수 없어"라고 고집만 부렸다. 그래서 기요세도 머리끝까지 화가 나서 그만 뛰쳐나오고 말았던 것이다.

그 후로 몇 번이나 전화와 문자를 주고받았다. 무슨 사정인지 똑바로 설명해, 얘기해 줘. 기요세가 그렇게 말할 때마다 마쓰키는 입을 굳게 다물었고, 그 때문에 대화는 언제나 싸움으로 끝났다.

자동문이 열리더니 두 손님이 들어왔다. 한 사람은 입원병동에서 본 그 여성이었다. 마쓰키와 함께 쓰러져 있었다는 남자의 어머니로 보였던 그 사람.

또 한 명은 젊은 여성이다. 남자의 누나 혹은 여동생, 그도 아니면 아내일까? 머리카락이 길고 굉장히 가녀린 사람이었다. 점원의 안내로 기요세의 대각선 앞쪽 테이블에 앉았다.

"제가 물 좀 가져올게요."

여성의 말투로 '누나 혹은 여동생'일 가능성은 사라

졌다. 어머니로 보이는 사람은 기운이 없었지만 젊은 여성이 뭐라고 하자 고개를 끄덕이며 메뉴판을 펼치더니 주문할 음식을 정한 것 같았다. 주문을 마치고 점원이 물러나자마자 두 사람은 이마를 맞대고 쑥덕거렸다.

기요세는 두 사람이 무슨 말을 하는지 궁금했지만 그녀의 위치에서는 잘 들리지 않았다. 접시 위에서 식어가는 반쯤 남은 오므라이스를 바라보며 망설이던 끝에 각오를 굳히고 일어섰다. 두 사람의 테이블로 다가가서 고개를 숙였다.

"불쑥 죄송합니다. 저기, 저는 마쓰키 게이타와 아는 사이인데요."

병원에서 연락을 받았다고 설명하는데 중년 여성이 "마쓰키하고?"라며 고개를 갸웃거렸다.

"네."

"……앉겠어요?"

중년 여성이 그렇게 말하며 젊은 여성에게 눈짓을 했다. 젊은 여성은 기요세를 쓰윽 올려다보더니 "앉으세요" 하고 자기 옆자리를 가리켰다. 무슨 이야기부터 해야 할지 모른 채로 말부터 걸었지만 상대가 먼저 "오늘은"

하고 말문을 터주었다.

"이렇게 생각도 못 한 일이 벌어져서……."

"저, 대체 무슨 일이 있었던 건가요?"

"우리도 잘 몰라요. 어째서 싸움 같은 짓을……. 옛날부터 정말 사이좋게 지냈는걸요."

이와이 이쓰키. 그것이 마쓰키와 함께 쓰러져 있던 남자의 이름이라고 했다. 중년 여성은 역시 그의 어머니였다.

마쓰키와 이와이 이쓰키 씨는 같은 시립 초등학교, 중학교를 다녔다. 이와이 가족은 도시락 가게를 했는데 지금은 이쓰키 씨가 가업을 돕고 있다.

마쓰키는 중학교 졸업과 동시에 아버지 업무 때문에 도쿄로 이사했고, 대학교를 졸업할 때까지 도쿄에서 살았다. 졸업 후에 오사카에 있는 가도쿠라 섬유에 취직해, 이와이 가족의 집 근처에 아파트를 빌렸다. 중학교를 졸업할 때까지 살던 동네라 익숙했기 때문이라고 했다. 오사카로 돌아온 후로 마쓰키와 이쓰키 씨는 한 달에 한 번은 만나서 식사를 할 정도로 친하게 지냈다. 이와이 씨는 거기까지 단숨에 설명하고 물을 꿀꺽꿀꺽 마셨다.

오사카에서 나고 자란 마쓰키가 한때 도쿄에서 생활하다가 다시 오사카로 돌아왔다는 이야기는 기요세도 대충 알고는 있었다. 하지만 마쓰키가 그 이상 자세히 이야기하기 싫어해서 수수께끼로 묻혀 있었다. 마쓰키는 항상 가족이 얽힌 화제가 나오면 입을 꾹 다물었다. 마음에 걸리긴 했지만 언젠가 말해 줄 줄 알았다. 언젠가. 지금보다 더 관계가 깊어지거나, 결혼을 염두에 두기 시작한다거나, 그런 타이밍에.

이쓰키 씨의 존재도 몰랐다. 하지만 곧 그렇지 않다고 생각을 바로잡았다. 마쓰키는 "저번에 친구하고 밥을 먹었을 때"라거나 "어제는 친구 집에 가서"라는 이야기를 자주 했다.

하지만 그 친구의 이름까지는 듣지 못했다. 그러고 보니 마쓰키는 사람 이름을 잘 언급하지 않았다. 회사 사람, 이웃, 친구.

오랫동안 알고 지낸, 가장 친한 친구가 있고 조만간 소개하고 싶다는 말도 했다. 그제야 생각났다. 그게 이쓰키 씨 이야기였나.

"이쓰키 씨가 맞은 흔적이 더 많았어요."

그때까지 침묵하고 있던 젊은 여성의 칼날처럼 날카로운 말투가 기요세를 주눅 들게 했다.

"마오."

이와이 씨가 타이르듯 이름을 부르자 그녀는 살며시 입술을 깨물었다. 마오가 이 여성의 이름일까.

이쪽은 우리 아들하고, 그러니까, 하고 이와이 씨가 우물거리자 "사귀고 있어요"라고 마오 씨가 뒷말을 이었다. 맞은 흔적이라는 말에 놀란 기요세는 아직도 입이 떨어지지 않았다.

"저, 그게 무슨 뜻……."

억지로 쥐어 짜낸 목소리는 스스로도 거슬릴 정도로 갈라지고 힘이 없었다.

"마쓰키 씨가 일방적으로 이쓰키 씨를 때린 것 같다는 말이에요."

마오 씨가 날카로운 시선으로 기요세를 쏘아보았다.

"그런……."

"마오는 그 자리에 있었답니다."

이와이 씨가 끼어들었다. 이 사람이 구급차를 불렀

다는 여성일지도 모르겠다.

"어떻게 된 일이죠?"

"저는 지금 이와이 씨 댁에서 신세를 지고 있는데……."

그녀는 어떤 사정이 있어 도움을 받고 있다는 표현을 썼다.

"이쓰키 씨가 전화를 받더니 '잠깐 나갔다 올게'라며 밖으로 나가려 했어요. 불길한 예감이 들어 따라갔죠. 하지만 저를 데리고 가기 싫었는지 이쓰키 씨가 도중에 편의점에서 저를 따돌리는 바람에 놓치고 말았어요."

"전화? 마쓰키가 건 전화였나요?"

"몰라요. 이쓰키 씨 스마트폰이 사라졌어요. 분명 들고 나갔을 텐데 어디로 사라져서……. 전 이쓰키 씨를 찾아 헤매다가 육교에서 누군가가 옥신각신 몸싸움하는 걸 발견한 것뿐이에요. 어둑어둑했고, 거리가 멀어서 처음에는 못 알아봤어요. 그게 이쓰키 씨와 마쓰키 씨라는 걸 알고 제가 얼마나 놀랐는지……."

마오 씨가 어깨를 부르르 떨며 두 손으로 얼굴을 감쌌다. 이와이 씨가 팔을 뻗어 그 가녀린 어깨에 손을 얹었다.

"마쓰키 씨가 잘못한 거예요."

얼굴을 가린 손바닥 사이로 흘러넘친 마오 씨의 목소리는 확신에 차 있었다.

"그럴 리가……."

기요세는 반박하려 했지만 말이 나오지 않았다.

'당신은 나란 사람을 얼마나 알고 있어?'

어째서인지 몇 시간 전에 읽은 책의 문장이 떠올랐다.

나는 대체 마쓰키란 사람을 얼마나 알고 있을까?

또다시 어깨를 떨기 시작한 마오 씨가 숨을 후 내뱉었다. 웃음소리처럼 들렸다.

그럴 리 없다고 생각하면서도 그 옆얼굴을 훔쳐보았다. 얼굴을 가린 두 손 밑에서 그녀의 입술이 빙긋 올라가 있다. 놀란 기요세가 눈을 껌뻑한 짧은 찰나에 그 미소는 이미 사라지고 없었다.

"마오, 진정해."

맞은편에 앉은 이와이 씨는 보지 못한 듯했다. 손을

뻗어 열심히 마오 씨의 어깨를 쓰다듬고 있다. 헛것을 본

게 아니었다. 기요세는 틀림없이 그녀가 웃는 것을 보았다.

Chapter 2

2020
July
24
Fri.

7월 24일의 하라다 기요세

스마트폰 알람이 울리기 전에 깨는 게 몇 년 만일까? 어젯밤은 좀처럼 잠을 이루지 못했는데도 5시 전에 깨고 말았다.

어렸을 때는 이런 경우가 많았다. 토요일과 일요일. 소풍이나 운동회. 알람시계가 없어도 자연히 눈이 번쩍 뜨여, 이불을 박차고 나가서 주방에 있는 어머니에게 달려갔다.

어머니는 "기요세는 이럴 때만 일찍 일어나는구나"

하고 한 소리 하면서도 아침 식사 반찬으로 만든 달걀말이 끄트머리를 입에 넣어주었다. 그것은 기요세의 아침에 관한 기억들 가운데 가장 아름답고 행복한 경험 중 하나였다.

하지만 지금은 아니야. 혼잣말처럼 중얼거렸다. 거울을 보지 않아도 좌우 머리카락이 뻗쳐서 잔뜩 부풀어 있는 걸 알 수 있다. 즐거운 이유로 잠에서 깬 것이 아니다. 어두침침하고 소리 없는, 조각난 이미지 같은 꿈을 몇 개나 꾸었다. 꿈의 내용은 기억나지 않는데 불쾌한 감촉만 지금도 남아 있다. 떨쳐내듯 머리를 양옆으로 흔들었다.

바닥에는 어제 벗어 던진 옷과 가방이 널브러져 있었다. 남색 바탕에 하얀 점이 박힌 커튼을 대충 쳐둔 바람에 가느다랗게 벌어진 틈새로 환한 아침 햇살이 쏟아져 들어와 나풀거리는 먼지를 비추었다.

커튼을 활짝 열자 환한 빛은 바닥에 쌓아둔 책이나 '집에 돌아왔을 때 손목시계나 반지, 자잘한 소지품을 잠시 놓아두기 위해서' 테이블에 둔 나무 쟁반을 빈틈없이 균일하게 비추었다.

자잘한 소지품을 잠시 놓아두기 위한 장소는 항상 비어 있어야 한다. 그런데 쟁반 위에는 서류용 클립과 종잇조각이 소복하게 쌓여 있어, 손목시계를 둘 자리가 없었다.

내 방. 잠이 덜 깬 머리로 생각한다. 원룸, 전혀 정돈되지 않은 방. 하지만 이곳에 와본 사람은 "이상하게 편안하다"고 한다. 말로만 그러는 게 아니라 실제로 유독 오래 머물다 간다. 두 살 어린 여동생도, 친구들도, 마쓰키도 그랬다.

눈에 익은 방 안에서는 어제 겪은 일련의 일들이 거짓말처럼 느껴졌다. 튜브를 잔뜩 달고 있던 마쓰키의 창백한 뺨과 눈 밑의 검붉은 멍. 병원 냄새. 오므라이스 냄새. 얼굴을 가리고 웃던 그녀.

양치질을 하고 평소보다 차분한 동작으로 커피를 끓였다. 실은 평소 같으면 생각할 필요도 없이 손이 움직이는데 오늘 아침은 순서를 하나하나 머릿속으로 확인해야 했다.

자취 기념으로 산 카페오레 잔에 커피와 데운 우유를 반반씩 붓고 기요세는 낮은 테이블 앞에 둔 쿠션 위에 앉았다.

시선은 자연히 테이블에 놓아둔 은색 열쇠로 향했다. 마쓰키에게 받은 예비용 집 열쇠였다. 문어 모양 열쇠고리가 달려 있다. 어제까지 줄곧 옷장 서랍에 넣어두었다. 열쇠를 사용할 기회가 너무 없어서 받았다는 사실조차 잊고 있었다.

어젯밤 패밀리 레스토랑에서 나와 걸어오면서 마쓰키의 집 열쇠에 달려 있던 호루라기를 생각하다가 이 예비용 열쇠의 존재를 기억해 냈다.

기요세가 일찍 출근하는 날 마쓰키와 만날 약속을 하게 되면 밖에서 만나서 식사를 한 다음, 기요세의 집으로 오는 코스가 습관처럼 굳었다. 늦게 출근하는 날은 마쓰키가 기요세의 집에서 기다린다. 드물게 야식을 만들어줄 때도 있었다.

마쓰키는 요리를 곧잘 했다. 굉장하다고 칭찬하면 "배웠으니까"라고 별일 아닌 듯 웃었지만 기요세가 "아아, 어머니한테?"라고 물으면 난처한 표정을 지었다. 난처한 표정을 짓는 이유를 알 수가 없어서 그저 '잘은 모르겠지만 남자한테는 쑥스러운 화제인가 보네' 하고 단정했다. 대답해 주지 않았을지도 모르지만 그때 뭐든 좀 더 물어보거나 뭐라도 했어야 했는지 모른다. 어째서 그렇게 가족 이야기를 꺼리는지, 그 점에 대해서.

요리를 잘했다. 난처한 표정을 지었다. 과거형으로 표현할 수밖에 없다. 마쓰키는 아직 살아 있는데, 이미 멀리 떠난 것처럼 느껴졌다.

예비용 열쇠를 받은 날은 똑똑히 기억하고 있다. 딱 한 번, 둘이서 여행을 갔다.

주말에 쉬는 회사에서 일하는 마쓰키가 카페에서 일하는 기요세에게 맞춰서 유급휴가를 냈던 것이다. 수족관에 갔다. "데이트 하면 수족관이지", "어두운 장소는 필수야"라고 영문 모를 소리를 자꾸 되뇌며 의욕을 불태우고 있었다.

그 수족관에서 돌아오는 길에 전철 안에서 마쓰키가 예비용 열쇠를 내밀었다.

마침 그 전주에 마쓰키가 집 열쇠를 잃어버렸다. 다행히 나중에 회사 사물함에서 찾았지만 학을 뗀 모양이었다. 만약의 경우에 대비해 맡아달라며 예비용 열쇠를 건네주었다.

"만약의 경우란 말이지?"

"이번처럼 열쇠를 잃어버렸을 때나."

"그리고 마쓰키가 집 안에서 쓰러졌을 때나."

"맞아, 맞아. 잘 부탁해."

"알았어."

방금 수족관에서 산 문어 열쇠고리를 달았다. 반짝이가 가득 든 플라스틱 문어는 기요세의 손안에서 으스대듯 반짝거렸다.

지금 생각하면 마쓰키는 '만약의 경우'를 유독 강조했다. "언제든지 자유롭게 출입해도 된다는 뜻이 아니라, 어디까지나 대비 차원에서 건네는 것뿐"이라고 말하고 싶었던 걸까?

마쓰키는 자기 집에 기요세를 부르길 꺼렸다. 기요세가 가고 싶어 하면 거의 십중팔구 "우리 집은 재미없어"라거나 "기요세의 집이 편해"라며 망설였다. 처음에는 '어지간히 우리 집이 좋은가 보네'라고 생각했다. 태평한 것도 정도가 있지.

사실은 들키고 싶지 않은 비밀이 있어서 오지 못하게 막았을 뿐이다. 마쓰키의 집을 찾아간 그날, 그 사실을 알아버렸다. 마쓰키와 마지막으로 만난 날이다. 기요세가 화를 내고 집에서 뛰쳐나간, 그날.

병원에 이송되었을 때 마쓰키는 집 열쇠 외에는 소지품이 하나도 없었다고 한다. 아파트에 가면 마쓰키의 스마트폰이 있을지도 모른다. 카페오레를 마시고 나면, 가보자.

채비를 마치고 밖으로 나가자 이미 햇빛이 쨍쨍했다. 양산을 쓰고 천천히 걸어갔다. 마스크 생활에도 익숙해진 줄 알았는데 이런 기온 속에서 부직포로 얼굴을 가리고 걷기는 상당히 힘들었다. 전철로 가면 두 정거장거리다. 자전거로도 갈 수 있는 거리지만 햇볕에 타는 게 싫다는 이유로 전철을 선택했다.

마쓰키의 아파트에 가는 것은 2월 이후로 처음이었다. 그때는 자숙 분위기가 감돌기 시작했지만 아직 클로세트에도 예전처럼 손님들이 찾아왔고, 마쓰키도 만원 전철을 갈아타며 센바에 있는 회사까지 매일 출근했다.

마지막으로 만난 정확한 날짜는 2월 20일이었다. 어젯밤 수첩을 뒤적여 확인했다. 오전에 출근해 17시에 근무를 마치고 약속 장소에서 만나 식사를 하러 갈 계획이었다. 자기 아파트 근처에 새로 생긴 고깃집이 "기요세가 좋아할 만한 가게"라는 마쓰키의 말에 전부터 함께 가기로 약속했다. 기대가 컸는데, 가게 문에는 정기휴일이라는 안내판이 걸려 있었다.

"어째서 미리 확인하지 않았어?"

무심코 타박히는 투로 말하고 말았다. 그 며칠 전에도 마쓰키와 연락이 닿지 않았다. 겨우 전화를 한다 싶었더니 "스마트폰이 어디로 가버려서"라고 늘 그렇듯 똑같은 변명을 했다. 침대 매트리스 틈새에 떨어져 있었다는 것이다.

"어디 다른 가게……."

주위를 두리번거리는 마쓰키를 손짓으로 말렸다. 기요세는 너무 피곤했고, 새로 가게를 찾을 기력은 없었다. 집에서 피자라도 배달시켜서 느긋하게 보내고 싶다고 조르자 마쓰키는 당연하다는 듯 기요세의 집으로 가려고 했다.

"왜? 여기서는 마쓰키네 아파트가 더 가깝잖아."

마쓰키는 언제나 그렇듯 망설였지만 기요세가 짜증을 내며 "뭐가 문제야", "피곤하단 말이야"라고 되풀이하자 겨우 고개를 끄덕였다.

"기요치, 심기 불편해?"

"뭐? 전혀 아닌데."

반사적으로 거짓말을 하고 말았다.

그날도 역시 끔찍한 하루였다. 런치타임에 온 남자 손님이 "메뉴판은 꼼꼼히 소독했느냐"며 시비를 걸었다. 기요세가 응대해서 큰 문제는 없었지만 돌아갈 때가 좋지 않았다. 계산대에 시나가와 씨가 있었던 것이다.

거스름돈을 건넬 때 손이 닿았네 마네로 두 사람은 심각하게 옥신각신했고, 손님은 "두 번 다시 오나 봐라"라고 내뱉고 떠났다. 전에는 거스름돈을 손으로 직접 건넸지만 최근에는 작은 트레이에 담아서 건네라고 사장이 지시했는데 시나가와 씨 혼자만 예전과 똑같이 직접 건넸다.

주의하면 "아! 죄송합니다!"라고 힘차게 대답하지만 또 금방 같은 행동을 한다.

그렇지 않아도 정체불명의 바이러스 때문에 모두 마음의 여유가 없었다. 손님도 그렇지만 종업원들도 늘 신경이 곤두서 있었다. 이럴 때 귀찮은 일을 벌이지 말라고 소리치고 싶었다.

"시나가와 씨, 제발 실수 좀 하지 말아요."

"죄송합니다. 제 나름대로 노력하고 있는데."

이 대화를 몇 번째 반복하는지 모른다. 성격도 착실하고 나쁜 사람은 아니다. 항상 지각하지만. 그리고 사물함도 엉망이지만. 휴게실도 그녀가 사용하고 나면 누가 썼는지 바로 알 수 있다. 마시다 남은 커피가 그대로 있거나 바닥에 쓰레기가 떨어져 있기 때문이다.

덤벙거리고 깔끔하지 못하다. 시나가와 씨의 나쁜 점이라면 얼마든지 열거할 수 있다. 기요세는 항상 시나가와 씨가 저지른 실수의 뒤처리를 떠맡고 있는 기분이었다.

"얼마 전에 들어온 사람이, 아, 시나가와 씨라고 하는데, 정말 다루기 힘들어."

피자를 먹으며 하소연을 했다. 마쓰키에게는 전부터 무슨 이야기든 털어놓았다. 손님의 부당한 불평. 무책임한 사장. 걸핏하면 쉬는 아르바이트생. 결코 유쾌한 화제가 아닌데도 마쓰키는 늘 웃는 얼굴로 들어주었다.

하지만 그날은, 달랐다. 마쓰키는 마시던 맥주 캔을

힘껏 찌그러뜨리더니 지긋지긋하다는 듯이 한숨을 내쉬었다.

"기요세의 교육 방식도 문제가 있는 것 아니야?"

어, 하고 당황하는 기요세를 쳐다보지도 않고 마쓰키는 빠르게 뒷말을 했다.

"기요세는 당연히 아는 일이지만 그 사람한테는 어려울지도 몰라. 그렇게 생각해 본 적은 있어?"

"어, 내가 잘못했다는 거야?"

"아니, 그런 뜻이 아니라. 조금 더 상대의 입장에서 생각해 주면 좋겠다고 할까."

평소와 달랐다. 마쓰키가 화를 내고 있다. 그를 화나게 했었다는 초조함 때문에 마쓰키가 그다음에 무슨 말을 했는지 제대로 듣지 못했다.

하지만, 하고 반박하려는데 마쓰키가 등지고 있던 파이프 침대 아래에 있는 물건이 눈에 들어왔다. 마쓰키가 실내복으로 쓰는 추리닝이었다. 앞면에 FLORIDA 77이라는 뜻 모를 로고가 박힌 옷이다. 염가 의류점에서 780엔에 샀다고 들었다. 구입했을 때 일부러 사진을 보내주었다. 촌스럽지, 하지만 집에서 입을 거니까 괜찮아, 그랬더랬다.

촌스럽네 어쩌네 하면서도 그 후로도 애용했는지, 이따금 보내오는 사진에 자주 소매나 몸판이 찍혀 있었다. 또 입었네, 하고 볼 때마다 웃었던 그 추리닝이 뭔가 각진 물건을 돌돌 감싼 상태로 침대 밑에 처박혀 있었다. 기요세가 앉은 자리에서는 FLORIDA의 DA 부분이 보였는데, 묘하게 신경이 쓰였다. 어째서 저런 곳에?

생각해 보면 아까 집에 들어오기 전에도 이상했다. "지금 엄청 지저분하니까 잠깐만"이라느니 뭐라느니 하며 문밖에서 10분 가까이 기다리게 했다.

그런데 "됐어, 들어와"라고 맞이해 준 집 안은 조금도 지저분하지 않았다. 그 점을 지적하자 마쓰키는 "깨끗해 보이도록 지금 서둘러서 정리한 거지"라며 웃었지만 그 웃음도 어딘가 어색했다는 생각이 들기 시작했다.

10분 만에 치울 수 있는 집은 그렇게 지저분하다고 할 수 없다. 마쓰키의 집은 원래부터 극단적으로 물건이 적었다. 옷장에 다 들어갈 정도의 옷과, 텔레비전과 녹화 기계를 둔 철제선반과 침대를 빼면 싸구려 테이블이 전부다. 그렇기에 더더욱 일부러 추리닝으로 감싸 침대 밑에 처박아 둔 물건은 부자연스러웠다. 아까 기요세를 밖에서 기다리게 한 것은 들키고 싶지 않은 물건을 여기에 숨기느라 그랬던 게 아닐까?

일단 점점 식어가는 피자를 입안에 쑤셔 넣으며 끄덕였다.

"알았어."

"아, 이해해 준 거야?"

마쓰키가 안도한 듯 웃었다.

"응."

"그 시나가와 씨라는 사람한테 맞는 방법으로 가르쳐줘. 기요세는 점장이잖아."

개개인에 맞는 교육 방법을 고민해 줄 정도로 점장은 한가한 직책이 아니다. 이번 주에 몇 시간이나 초과근무를 했는지 이제 생각하기도 싫다. 누군가가 쉬면, 지각하면, 조퇴하면, 당연히 기요세가 출근한다.

규칙은 상황을 원활하게 처리하기 위해 존재한다. 매뉴얼에 따라 일해야 하는 직장에서 개성을 발휘하면 곤란하다. 하지만 시나가와 씨에 대한 울화는 일단 내려두자.

마쓰키에 대한 의심이 기요세를 냉정하게 했다.

어떻게든 해서 침대 밑에 숨겨둔 물건이 보고 싶다. 아니, 봐야만 한다. 보자. 봐야지. 어떻게 해서든 볼 테다.

"마쓰키 말이 맞을지도 몰라."

어깨를 으쓱 움츠리자 마쓰키는 "이쪽으로 와"라며 자기 옆을 가리켰다. 옆으로 이동하자 마쓰키는 기요세의 어깨를 끌어안고 다정한 손길로 머리카락을 쓰다듬기 시작했다.

"미안해. 이런 얘기만 해서."

머리카락을 쓰다듬는 손가락에서 열기가 전해졌다. 마쓰키의 체온은 늘 기요세보다 조금 높다.

"무슨 소리야."

의혹에 시달리면서도 머리카락을 쓰다듬어 주는 포근함에 반사적으로 눈을 감고 말았다. 나한테는 뭐든지 얘기해, 그렇게 속삭이는 목소리가 눈꺼풀 위에 내려앉았다. 마쓰키는? 그렇게 묻고 싶었다. 마쓰키는 내게 '뭐든지' 말해 주고 있어?

"그나저나 기요치, 오늘은 몇 시에 가야 해?"

그렇게 묻는 마쓰키의 목소리가 조금 낮아졌다. 고양

이가 그르렁거리는 것처럼 응석을 부릴 때는 늘 그런다.

"내일 아침에 가도 돼."

"어, 그래?"

마쓰키가 기요세의 얼굴을 들여다보았다.

"응."

"좋았어! 그럼 샤워하고 올게!"

서둘러 욕실로 사라지는 마쓰키의 뒷모습을 지켜본 기요세의 머리에 '지금이 기회다'라는 말이 스쳐 지나갔다. 이윽고 샤워 소리와 함께 경쾌한 콧노래가 들려와 살짝 힘이 빠졌다. 저렇게 태평한 남자에게 비밀이라니, 별것 아니겠지.

마쓰키가 숨기는 사실을 알아내고 싶은 마음과 이대로 넘어가고 싶은 마음이 양립했다. 다른 사람이 숨기고 싶어 하는 비밀을 멋대로 들여다보는 짓은 잘못된 행동이다. 그 정도 상식은 있다. 하지만 지금 보지 않는다면 내일부터 계속 "그건 대체 뭐였을까?" 하고 끙끙 고민하며 살게 될 것이다. 망설임 끝에 침대 밑에 있는 물건을 꺼냈다. 아무것도 아니라면 그것으로 그만이다. 안심할 수 있다.

안심하고 싶다. 안심할 이유가 필요했다.

단단히 묶인 추리닝 소매를 풀자 하얀 플라스틱 바구니가 나왔다. 그 안에 공책과 책들이 처박혀 있었다. 책 제목은 《편지 예문집》.

이게 뭐라고 숨긴 거지? 혼란스러웠지만 책을 팔랑팔랑 넘겨 보았다. 누가 보면 부끄러운 책은 아니다. 공책을 펼치니 대뜸 첫 장 첫 줄에 적힌 '좋아해'라는 글자가 기요세의 눈을 찔렀다. 두 번째 줄 이후에도, 몇 번이나 몇 번이나 쓰여 있었다. '女+子=好'라는 영문을 알 수 없는 메모도 있었다.

내용은 도통 이해할 수 없었지만 마쓰키의 글자는 여전히 아름다웠다. 막힘없이 흐르는 물이나 산뜻하게 부는 바람이 떠오르는 경쾌한 글씨를 손가락으로 살며시 어루만진 뒤 페이지를 넘겼다.

큼직하게 적힌 '菅井天音'라는 글자가 눈에 확 들어왔다. 菅井天音, 菅井天音, 그 이름은 몇 번이고 반복해서 적혀 있었다. 스가이 아마네라고 읽는 걸까? 여자 이름이라는 것을 깨달은 순간, 명치가 따끔하게 아렸다.

유난히 큼직하게 적힌 이름을 '하나의 커다란 존재',

'일어서는 날'이라는 수수께끼 같은 말이 에워싸고 있었다. 이게 대체 뭐야, 중얼거린 목소리가 갈라졌다.

모서리가 접혀 있는 페이지를 펼쳐보니 편지 초안처럼 보였다.

菅井天音 님

안녕하세요. 어제는 역 근처 매화 꽃망울이 터질 것 같더군요. 당신이 얼마 전 꽃은 뭐든지 좋아한다고 말씀하신 기억이 나서, 그 소식을 전하고 싶었습니다. 추울 때는 누구든 모두 종종걸음으로 고개를 숙이고 지나가지요. 하지만 그 나무 밑을 지날 때만큼은 모두 고개를 들더군요. 그게 어쩐지 무척이나 멋진 일처럼 느껴졌습니다.

어느새 샤워 소리가 멎은 줄도 몰랐다. 욕실 문이 열리는 소리를 들은 순간, 기요세는 공책을 움켜쥐고 일어섰다. 탈의 공간이라고 부르기도 민망한 비좁은 곳에서 몸을 닦고 있는 마쓰키의 코앞에 공책을 들이댔다.

"뭐야, 이게? 응? 대체 뭐야?"

"어? 아니, 왜 멋대로 봤어?"

어이없게도 마쓰키는 질문에 질문으로 답했다.

"숨겨뒀으니 봤지!"

스가이 아마네가 누구인지, 어떤 관계인지.

마쓰키는 벌거벗은 채로 우물쭈물 변명하기 시작했다.

"오해야, 기요세, 오해라니까."

"그럼 이게 대체 뭔데? 설명해 봐."

"아니, 잠깐만."

마쓰키가 속옷을 입을 때까지 기다려줄 여유는 기요세에게도 간신히 남아 있었다. 마쓰키는 어지간히 동요했는지 두세 번 비틀거리다가 욕실 문에 등을 찧고 아프다는 듯 얼굴을 찌푸렸다. 팬티 한 장 입는 데 시간을 얼마나 끄는 거야, 그런 기요세의 분노가 최고조에 달했을 때 마쓰키가 겨우 입을 열었다.

"말할 수 없어."

"말할 수 없다니 뭐야, 무슨 뜻이야?"

"약속했으니까."

"이 여자하고?"

다시 공책을 코앞에 들이대자 마쓰키는 진심으로 불쾌한 표정으로 한 걸음 물러났다.

"아니, 그건 아닌데, 어쨌거나 말할 수 없어, 절대로."

"말할 수 없는 관계란 뜻이지?"

"아니라니까. 이 사람은 그런 게 아니야."

"그럼 어떤 건데?"

"그건 말할 수 없다니까. 말하지 않겠다고 약속했고."

말할 수 없다. 약속했다. 이 두 가지 말만 겁먹은 듯 지리멸렬하게 반복하는 마쓰키에게 질려서 잠시 말문이 열리지 않았다.

그 틈을 노린 듯 마쓰키가 수건으로 머리카락을 벅벅 털기 시작했다. 양쪽 눈썹 끝이 지금껏 본 적 없을 정도로 축 처져 있었는데 기요세에게는 그게 '뭐라고 변명할지 필사적으로 고민하는 표정'처럼 보였다. 오랜 침묵 끝에 마쓰키가 이윽고 토해 낸 것은 "그렇잖아, 애초에 기요세하고 상관없는 일이니 말할 필요도 없어"라는 말이었다. 상관없다는 말의 원심력에 가벼운 현기증마저 느꼈다. 눈앞에 있는데 마쓰키가 멀게만 느껴졌다.

"······아, 그래. 그러세요. 알겠습니다. 이제 됐네요."

"어. 이제 됐다니 뭐가?"

잠깐 기다려, 기요세. 그런 목소리를 뒤로하고 구두를 신었다. 신발장 위에 놓인 문고본 한 권이 눈에 들어왔다. 들어왔을 때는 눈에 보이지 않았다.

《깊은 밤의 강》이라는 제목. 기요세가 모르는, 외국 작가의 이름이었다. 마쓰키의 방에는 책장이 없다. 책 자체도 없다. 뭔가 읽는 모습을 거의 본 적이 없었다. 만화도, 신문도 손에 들지 않는다. "이거 재밌어" 하고 기요세가 책을 권해 보아도 "다음에"라고 얼버무리며 집어보려고도 하지 않았다.

마쓰키는 어지간히 '읽는' 행위를 싫어한다고 생각했다. 그런데 난데없이 소설, 더군다나 외국문학이라니. 혹시 그 스가이 아무개라는 여자의 영향인가? 그렇다면 뭐야, 왜 있잖아, 그거. 장난해? 반사적으로 문고본을 움켜쥐고 바닥에 내팽개치고 싶은 충동을 억누르고 와락 움켜쥔 채로 밖으로 뛰쳐나갔다. 마쓰키는 쫓아오지 않았다.

집에 돌아와 조금 냉정해지고 나서 '울컥해서 남의 책을 집어 왔다'는 자신의 엉뚱한 행동에 머리를 감싸 쥐었다. 내가 무슨 짓을 한 거야, 머리가 어떻게 됐나 봐, 하고 후회해도 이미 늦었다.

돌려주러 가기도 짜증 났고 멋대로 버리기도 꺼려졌다. 어쩌지도 못하고, 그렇지만 쳐다보기도 싫어서 바닥에 그대로 내버려두었다. 그러는 사이 다른 책에 섞여 어디 있는지 못 찾게 되었다. 아무것도 모르는 친구 하나가 정리해 줄 셈으로 치웠는지도 모른다.

어제 휴게실에서, 출근하다가 제목도 보지 않고 집어 온 책이 《깊은 밤의 강》이라는 사실을 알았을 때는 아무래도 움찔했다. 바다에 가라앉은 시체가 떠오른 듯한 충격이라고나 할까. 물론 그런 무서운 경험을 한 적은 없지만.

처음에는 당황했지만 '어쭈, 그럴 바에야 차라리 읽어주마' 이런 마음이 들었다. 뭐가 '그럴 바에야'인지 스스로도 잘 모르겠지만, 단순히 마쓰키가 어째서 이 책을 읽으려 했는지 궁금하기도 했다.

거기까지 떠올렸을 때 마침 도착한 전철에 올라탔다. 문가에 서서 가방에서 책을 꺼내보았다. 책등 쪽은 하얗게 종이가 일어 있었다. 빌린 책을 착복하는 사람들도 있지만, 기요세는 마쓰키에게 빌린 게 아니니 이것은 이미 순수한 착복, 즉 절도인 것이다.

머리끝까지 화가 치밀어 있었다는 것은 변명이 되지 않는다. 자신은 머리끝까지 화가 치밀면 태연하게 그런 짓을 하는 사람이라는 사실이 새삼 기요세를 괴롭혔다.

마쓰키의 집에 가는 김에 몰래 돌려놓을까. 비겁한 생각이 떠올랐지만 머리를 마구 흔들어 지워버렸다. 나는 이 책을 끝까지 읽어야 하고, 마쓰키의 의식이 돌아오면 책을 훔쳤다는 사실을 사죄해야 한다. 그렇게 생각하며 어제 읽다 만 페이지를 펼쳤다. 눈은 글자를 따라가는데 내용이 전혀 머릿속에 들어오지 않아 포기하고 책을 덮었다.

그러고 보니 마쓰키도 책이 사라진 줄 알았을 텐데, 그 후 아무 말도 하지 않았다. 책에 대해 언급하면 그 공책과 스가이 아마네라는 여성에 대한 이야기도 나오기 때문일까?

마쓰키, 그리고 마쓰키가 품은 비밀은 항상 마음에 걸렸다. 하지만 솔직히 2월부터 지금까지 기요세의 머릿속은 대부분 클로셰트로 가득 차 있었다. 테이블에 아크릴 가림막을 설치합시다, 테이크아웃 메뉴를 늘립시다. 시시각각 변하는 상황에 대응하는 것만으로도 벅찼다.

전철 안내방송이 내릴 역의 이름을 알렸다.

마쓰키의 스마트폰을 찾는 것은 마쓰키의 부모님에게 연락하기 위해서다. 마쓰키의 직장에는 오늘 아침 이미 전화했다. 아무리 그래도 회사 사람에게는 약혼자라고 말할 수 없어 "친척입니다"라고 우물우물 재빠르게 말했다. 어제부터 거짓말만 하고 있다. 도쿄에 있는 마쓰키의 가족에게도 전화해야 한다. 만약 사이가 별로 좋지 않더라도, 머리를 다쳐 의식불명인데 연락하지 않을 수는 없다.

"마쓰키 아버님은 보험회사에서 일하시고, 어머님은 오사카에 살았을 때는 집에서 서예학원을 했어요. 마쓰키 할아버님 댁에서 넷이서 살았는데. 할아버님은 이제는 돌아가셨으려나. 어쨌거나 마쓰키 서예학원 선생님은 엄격해서 자세가 나쁘면 자로 찰싹찰싹 때린다고 이웃에서는 소문이 자자했지."

어제 만난 이와이 씨가 그런 말을 했다. 마쓰키의 글씨가 아름다운 이유는 그 영향이리라. 본인 입으로는 한 번도 말해 주지 않았지만.

열쇠를 꽂아 문을 열었다. 실내에 잔뜩 고여 있던 열기가 기요세의 온몸을 휘감았다. 얼굴을 찌푸리며 서둘러 구두를 벗었다.

들어가면 바로 창문을 열 생각이었는데 실내를 보자마자 우뚝 멈춰 서고 말았다.

좋게 말해 깔끔하고, 나쁘게 말하면 아무것도 없다. 그런 마쓰키의 방이 전과는 완전히 딴판이었다. 회의실에서 흔히 보는 화이트보드가 있고, 거기에 마주 보듯 낮은 테이블이 놓여 있었다. 의자는 두 개.

화이트보드는 쓰고 지우길 반복했는지 곳곳에 검은 자국이 남아 있었다. 스마트폰이 침대 위에 그대로 방치되어 있었다.

하지만 지금은 그보다도 테이블 위에 있는 물건이 신경 쓰였다. 한자 사전, 히라가나 단어 풀이 문제집에, 몇 종류나 되는 공책. 초등학생들이 흔히 쓰는 받아쓰기 공책에는 누가 봐도 마쓰키가 아닌 앳된 글씨가 적혀 있었다. 몇 번이나 지우개로 지웠는지 종이는 구겨져서 여기저기 찢어졌고, 가장자리는 거뭇하게 때가 타 있었다.

어린아이에게 공부라도 가르쳤던 걸까? 여기서? 아니, 무슨 어린아이?

혼란스러운 마음으로 쌓여 있는 공책을 끌어안았다. 잠시 고민하다가 그대로 가방에 넣었다.

기요세는 마쓰키의 스마트폰을 집어 들었다. 배터리는 이미 10퍼센트도 남지 않았다. 암호가 걸려 있을지도 모른다 생각했지만 괜한 걱정이었다. 마쓰키의 가족 연락처를 찾아보았지만 비슷한 정보는 찾을 수 없었다. '집'이나 '어머니', '아버지'와 같은.

'마쓰키 시즈오, 요시미'로 등록된 도쿄 시외국번으로 시작하는 전화번호를 찾았다. 이게 마쓰키의 부모님일까? 그렇다 해도 너무 남처럼 등록해 났다 싶었지만 시험 삼아 전화를 걸어 보았다. 호출음이 열 번 이상 울렸을 때 "예" 하고 여성이 받았다.

"여보세요, 죄송합니다. 마쓰키 게이타 씨 가족분 전화번호가 맞을까요?"

뭐라고 해야 할지 몰라 몇 번이나 버벅거리며 물었다. 잠시 침묵이 흘렀다가 "그런데요"라는 대답이 돌아왔다.

"갑작스럽게 죄송합니다, 하라다 기요세라고 합니다. 실은……."

사고 내용을 설명하고 있는데 상대방이 "죽었습니까?"라고 말을 끊었다.

전화 너머에서 개가 짖고 있었다. 소형견일까? 기요세는 긴장한 마음을 속이려고 그런 생각을 했다. 개는 컹컹 시끄럽게 울었다.

"아니요, 멀쩡히 살아 있습니다."

살아 있다고 한 번 더 반복하니 눈물이 복받쳤다.

마쓰키는 살아 있다. 지금은 울어서는 안 된다. 감정을 억누르느라 정신이 팔려 있던 기요세는 갑자기 귓가에 들어온 "그래서?"라는 딱딱한 목소리를 잘못 들은 줄 알았다.

"예?"

"아니, 그래서, 우리더러 어쩌란 거죠?"

"어…… 아니, 이쪽에, 병원에…… 오실 수 있죠?"

대답은 없었다. 통화가 끊긴 뚜뚜 소리만 기요세의 고막을 긁고 있었다.

침대에 주저앉아 생각했다. 뭔가 실례되는 말이라도

한 걸까? 땀이 관자놀이를 타고 흘러, 그제야 아직 창문을 열지 않았다는 사실을 떠올렸다.

사기 전화로 착각이라도 한 걸까? 그럴 가능성을 떠올린 것은 병원에 도착한 뒤였다. 입구에서 짐을 맡기고 이마로 체온을 쟀다. 설치되어 있는 알코올로 손을 꼼꼼하게 소독하고 마쓰키의 병실로 걸음을 서둘렀다.

간호사에게 통화 내용을 털어놓자 "요즘은 그런 시대니까요"라고 얼굴을 찌푸렸다.

"죄송합니다, 멋대로 행동해서."

"아뇨, 천만에요. 앞으로는 병원 쪽에서 연락할게요."

"그렇게 부탁드립니다."

너무 오래 머무르지는 말라고 넌지시 당부하는 말을 듣고서 열 몇 시간 만에 마쓰키와 재회했다. 몸에 달린 튜브도 그대로였고 상처와 멍 자국이 애처로웠다. 달고 있는 호흡기에 희미하게 김이 서려 있다.

"말을 걸어보세요."

귀는 들릴 거라는 말을 남기고 간호사가 물러났다. 양쪽 침대에도 환자가 있을 테지만 커튼이 닫혀 있어 어떤 상태의 어떤 사람이 있는지는 알 수 없다.

"마쓰키."

목소리를 낮추어 말을 걸어보았다. 이불 밑에서 마쓰키의 가슴이 규칙적으로 오르내렸다.

"좀 일어나, 응?"

부탁이야, 그렇게 말하는 목소리는 스스로도 서글 퍼질 정도로 힘이 없었다. 조심스레 마쓰키의 손을 어루 만졌다. 거칠고, 차가웠다.

커튼이 열렸다. 간호사가 들어오더니 기요세를 보자 마자 시무룩한 표정을 지었다.

"마쓰키 씨 가족분들에게 연락했는데 '더 이상 상관 없는 사람이다'라는 말뿐이에요."

"상관이 없다고요?"

"별 가정이 다 있으니까요."

입원 절차는 기요세가 처리하겠다고 대답하자 간호 사는 노골적으로 안도한 표정을 지었다.

"그래요. 약혼자라고 했죠."

"예, 맞아요. 제가 바로 약혼자예요."

양심의 가책을 느끼며 크게 고개를 끄덕였다. 건네 받은 서류를 훑어보며 곁눈질로 마쓰키의 모습을 확인했다. 계속 붙어 있고 싶었지만 그럴 수도 없었다.

밖으로 나가자 짜증스러울 정도로 매미가 요란하게 울어댔다. 자동차 소리와 빛, 열기. 그런 것들이 한꺼번에 덮쳐들어 현기증이 났다.

한쪽 귀를 막으며 다시 한번 마쓰키의 어머니에게 전화를 걸어보았다. 이번에는 바로 받았지만 기요세의 목소리를 듣자마자 "아아" 하고 듣기 싫다는 듯이 말했다.

"저, 병원에서 연락이 갔을 텐데요."

"……당신, 게이타하고 어떤 관계죠?"

"……사귀고, 있습니다."

자신감이 흔들려서 목소리가 매끄럽게 나오지 않았다.

"병원 분께도 말씀드렸지만 그 애하고 우리는 더 이상 상관없는 사이예요. 그 애가 그렇게 말했으니까, 두 번 다시 이쪽에 돌아올 일도 없고, 우리에게 신세 지지 않고 살겠다고 했어요. 그런데 다쳤다고 왜 우리가 그 비용을 부담해야 하는 거죠? 애초에……."

"돈 문제로 연락한 게 아니에요!"

기요세가 고함치자 상대는 순간 입을 다물었다. 까

끌까끌한 천으로 살갗을 긁는 듯한, 참기 힘든 침묵이 길게 이어졌다.

"대체 무슨 일이 있었던 거죠?"

당신 가족 사이에. 그렇게 묻고 싶었지만 마쓰키 어머니는 이번 사고 이야기로 착각한 모양이었다. 그러니까 모른다고요, 하고 쌀쌀맞게 내쳤다.

"친구하고 싸우다가 계단에서 떨어졌다면서요? 이봐요, 당신이 게이타하고 어떤 식으로 사귀었는지 모르겠지만 우리 입장에서 보면 그 애는 옛날부터 그런 애였어요."

성미 급하고, 난폭한 아이. 그 한 마디, 한 마디를 날카로운 칼날을 들이대듯 발음했다.

"초등학생 때 친구를 떠밀어서 다치게 한 적도 있어요. 중학생이 되고 나서는 손쓸 방도가 없을 정도로 부모에게 반항적으로 변해서……. 도쿄로 이사 온 뒤로 조금은 얌전해졌다 싶더니, 고등학교를 졸업하고 나서 집에 잘 돌아오지도 않고……. 어째서 그렇게 자랐는지, 이해할 수가 없다니까요."

마쓰키의 어머니는 "내 핏줄 같지 않다", "자식이라고 생각하기 싫다" 그런 말을 되뇌었다. 얼굴도 모르는 상대에 대한 혐오감이 먼지처럼 쌓여갔다. 무슨 일이 있었는지는 모른다. 하지만 아무리 그래도 말이 너무 심했다.

"그럼 앞으로 제게 맡겨주시겠어요?"

전부 맡길 테니 이제 그만 전화해요. 그것이 상대의 대답이었다. 방금 전까지 시끄러웠던 매미 소리가 지금 기요세의 귀에는 조금도 들리지 않았다.

기요세는 병원 식당 테이블에 두 손을 짚고 마쓰키의 어머니와 나눈 대화를 곱씹었다.

성미가 급하다는 말도, 난폭하다는 말도, 기요세가 아는 마쓰키와는 거의 접점이 없는 단어였지만 상대는 어머니다. 그래, 어머니잖아. 기요세는 속으로 중얼거렸다. 고작 1년 조금 넘게 알고 지낸 자기보다 마쓰키를 훨씬 잘 아는 사람임에 틀림없다.

앞으로 내게 맡겨달라. 그만 속에서 나오는 대로 내뱉고 말았지만 앞으로 새롭게 알아가게 될 그가 기요세가 알던 마쓰키와 완전히 다른 사람이라 해도 그의 손을 잡아주고, 계속 이름을 불러줄 수 있을까?

자신이 없다. 뚜렷하게 그런 생각이 들어 바로 후회

했다. 말로 표현한 순간부터 무언가가 시작되니까. 아직은 모른다. 덧씌우듯 강하게 생각했다. 아직 아무것도 모른다, 성급하게 결론을 내려서는 안 된다.

식당은 식권을 사는 시스템이었다. 아무 생각 없이 돈가스 카레 덮밥 단추를 눌렀다. 평소에는 이렇게 칼로리가 높은 음식을 먹지 않는다. 이것 역시 마쓰키가 좋아하는 음식이었다. 어제부터 무의식적으로 마쓰키가 좋아했던 것만 고르고 있다. 그런 행동으로 자기가 기억하는 마쓰키의 윤곽을 뚜렷하게 부각시키려고 고집을 부리고 있다.

14시라는 어중간한 시간 때문인지 식당에는 기요세 말고는 아무도 없었다. 여름의 따가운 햇볕을 가리기 위해 창문 블라인드는 전부 내려와 있었다. 멍하니 앉아 있는 모습을 감추기라도 하듯이 《깊은 밤의 강》을 꺼내서 펼쳤다.

뉴올리언스의 거리를 그린 엽서에는 내가 모르는 마을의 소인이 찍혀 있었다. 편지를 보내줘, 그렇게 단 한 줄 적혀 있다고 했다. 니나의 필적을 어루만졌다. 이웃 존스 씨에게 "읽어주세요"라고 이 엽서를 내밀었을 때, 그녀는 나를 몹시 안쓰럽게 바라보며 읽어주었다.

다시 한번 글자를 어루만졌다. 이런 식으로 그녀의 입술과, 이마 끝 잔털에, 훨씬 깊은 곳에, 몇 번이나 닿았다. 내 가운뎃손가락의 살결이 그녀의 깊은 곳의 감촉을 기억하고 있다. 난로 옆에서 쉬는 고양이처럼 기분 좋게 가늘어지는 그녀의 눈동자를, 내 눈이 기억하고 있다.

그리고 그림책을 테이블 위에 펼쳤다. 큼직하게 그려진 빨간 사과. 그다음 페이지에 A라고 적혀 있다. 나는 그것을 또 어루만진다. 몇 번이고, 몇 번이고 그래본다.

Nina

N은 직선의 집합이다. i는 어떻게든 할 수 있다. 문제는 n이다. 이 글자는 내 눈 속에서 리드미컬하게 도약한다. 작고 사악한 생물처럼 내게는 다루기

벅차다. a는 그보다 더 까다롭다.

　겨우 네 글자로 구성된 연인의 이름을 써보려고 펜을 든 채로, 내 손은 멈추었다.

거기까지 읽었을 때 뒤에서 "저기" 하고 누가 불렀다. 어제 패밀리 레스토랑에서 만난 '마오 씨'가 서 있었다.

　"아, 안녕하세요."

　"같이 앉아도 될까요?"

　기요세가 앉아 있는 4인 테이블을 가리킨다. 예, 라고 고개를 끄덕이자 대각선 맞은편 의자를 골라 자리에 앉았다.

　"저, 어제는 죄송했어요."

　마오 씨가 어깨를 움츠렸다. 어제는 풀고 있던 긴 머리를 오늘은 뒤로 질끈 묶었다. 그 때문인지 꽤나 인상이 달랐다. 하얀 민소매 블라우스가 잘 어울렸다. 기요세와 눈이 마주치자 쑥스러운 듯 웃었다.

　"제가 무례한 말을 했죠. 죄송했어요."

　"아니에요."

　"경황이 없어서."

"이해해요. 그럼요, 이해하고말고요."

기요세는 신중하게 대답했다. 인상이 다르다기보다
겉모습만 닮은 다른 사람 같았다.

유난히 소탈하게 웃는 상대를 어떤 태도로 대해야
할지 잘 모르겠다. 식당 주방에서 점원이 나와서 마오 씨
의 식권을 절반 뜯어갔다. '아이스커피'라는 글자가 중간
에 끊겨 있었다.

"성함, 다시 여쭤봐도 될까요?"

"아, 네. 하라다 기요세입니다."

하라다 기요세 씨. 어린아이 같은 발음으로 마오 씨
가 되뇌었다. 그 목소리를 듣고 있자니 점점 더 어색해졌
다. 앉은 자세를 꿈지럭꿈지럭 가다듬었다.

"뭘 읽고 계셨나요?"

기요세가 손에 든 책을 들여다본 마오 씨의 표정이
확 밝아졌다.

"아, 저 이 책 정말 좋아해요! 멋지죠?"

"그런가요? 아직 다 못 읽어서……."

"어디까지 읽었어요?"

"연인이 사라지고 편지가 도착해서, 그 답장을 쓰려

는 부분까지."

'나'는 연인이 보낸 엽서를 이웃(할머니인 것 같았다)에게 보여준다. 어째서 그런 짓을 하는지 놀라서 뒤를 읽으려는 찰나에 당신이 말을 건 거야, 라는 말까지는 하지 않았다.

"그 주인공, 글자를 읽고 쓰지 못해요."

"앗!"

"깜짝 놀랐죠? 학교에 못 가서 배우지 못한 거예요. 니나에게 편지를 쓰면서 주인공은 점점 글을 깨우쳐가요. 니나가 모습을 감춘 이유는 과거에 죄를 저질렀기 때문인데, 그 죄라는 게……."

"잠깐, 잠깐, 잠깐만요!"

마오 씨의 말대로 분명 깜짝 놀랐다. 《깊은 밤의 강》의 주인공 설정에 놀란 게 아니라 '다 못 읽었다'고 말한 내게 마오 씨가 내용을 줄줄 읊었기 때문이다. 시노였다면 엄청 화를 냈을 텐데, 친구의 얼굴을 떠올렸다. 스포일러는 사형이다. 그것이 시노의 입버릇이었다. 아예 그대로 이 사람한테 말해 줄까?

"뒷이야기는 직접 읽고 싶으니 말씀하지 마세요."

"아, 그렇겠네요. 미안해요."

마오 씨가 손으로 입을 가렸을 때, 돈가스 카레 덮밥과 아이스커피가 나왔다.

"어…… 대단하네요."

마오 씨가 수저를 든 기요세 앞에 놓인 그릇을 쳐다보았다.

"뭐가 대단하다는 거죠?"

"어제부터 계속, 저는 충격 때문에 밥이 넘어가지 않아서. 이쓰키 씨 어머님도 그렇다고 했어요. 하지만 기요세 씨는 이런 때에도 식욕이 있군요."

대단하다. 글자를 낭독하는 듯한 말투로 되풀이하더니 마오 씨가 빨대를 잡았다. 갈색 액체를 천천히 휘젓는 모습을 기요세는 말없이 바라보았다. 대단하다. 칭찬이 아니라는 것쯤은 당연히 알고 있다.

힘들 때는 울어라. 하지만 울고 나면 밥을 먹어라. 기요세의 어머니가 전에 입버릇처럼 했던 말을 떠올렸다. 기요세에게는 오빠와 여동생이 있다. 아버지는 작은 공장의 사원, 어머니는 세탁소 파트타임 직원, 지금도 그런 생활을 이어나가고 있다.

유복하다고는 하기 어려운 가정이었다. 그래도 부모님은 아이들에게 '언제나 배부르게' 먹이는 것에 집착했다. 그렇게 하면 사람은 잘못된 길로 들지 않는다고 믿었던 모양이다. 물론 이 세상 모든 사람이 그래야 한다는 건 아니다. 충격으로 밥이 목을 넘어가지 않는 사람은 많다.

"예. 무슨 일이 있어도 끼니는 거르지 않거든요."

생긋 웃어주고 식사를 시작했다. 시비를 거는 듯한 상대의 말이 오히려 기요세를 냉정하게 만들었다. 타인의 말이나 태도에 휘둘려서는 안 된다. 마음을 강하게 유지하지 않으면 분명 앞으로 중요한 문제를 놓칠 것이다.

마오 씨가 소름 끼치는 괴물이라도 봤다는 듯 매끈한 눈썹을 찌푸렸지만 못 본 척했다.

"마쓰키 씨 상태는 어떤가요?"

"아직 의식이 돌아오지 않네요. 이쓰키 씨도?"

"……예. 하지만 아까 이름을 불렀더니 눈꺼풀을 움찔 움직였어요."

"그런가요."

생각보다 카레가 매웠다. 포크로 돈가스를 찔러 한

입 베어 물었다. 뜨거운 기름이 입술 끝에 튀었다. 맛있네, 마쓰키. 마음속으로 말했다.

의식이 돌아오고, 건강해지면, 함께 먹자.

"마오 씨는 마쓰키를 알고 있었나요?"

"예. 실제로 만난 건 한두 번뿐이에요. 하지만 이쓰키 씨가 항상 마쓰키 씨 이야기를 해서."

"마쓰키 이야기를? 어떤 식으로요?"

마오 씨가 아이스커피를 빨대로 휘젓다가 우유를 넣었다. 유리잔 속에 하얀 구름이 뭉게뭉게 피어올랐다가 조금씩 갈색과 섞였다. 불투명한 액체로 변한 그것을 마오 씨는 천천히 빨아들였다.

"소중한 친구라고."

그런 두 사람에게 무슨 일이 있었던 걸까. 그런 질문은 입에 담지 않았다. 만약 묻는다면 분명히 또 어제와 같은 대화가 반복된다.

카레를 먹으며 기요세는 마오 씨를 관찰했다. 닫힌 블라인드 쪽을 바라보는 단정한 옆얼굴. 민소매 밑으로 뻗은 가녀린 팔.

"두 사람 다 빨리 의식을 되찾으면 좋겠네요. 무슨 일이 있었는지, 본인들 입으로 제대로 듣고 싶기도 하고."

그렇게 말하며 기요세는 무의식적으로 가방을 끌어당겼다. 가방에 넣어둔 공책 모서리가 손가락에 닿았다. 마오 씨가 희미하게 웃는 것처럼 보였다. 이상한 소리는 한마디도 하지 않았는데.

마쓰키 집 테이블 위에 있던 공책은 전부 세 권이었다. 그중 두 권은 초등학생이 쓸 법한 받아쓰기 공책이었다. 그쪽에는 마쓰키가 아닌, 아이의 앳된 글씨가 적혀 있었다.

마지막 한 권은 흔히 말하는 대학 노트였다. 전에 기요세가 펼쳐서 읽었다가 말다툼으로 번진, 그 공책이다.

이번 사고와 마쓰키의 집 안이 딴판으로 변한 일 사이에 무슨 관계가 있는지는 아직 모른다. 아무 상관도 없을지 모른다. 어쨌거나 이 여자에게는 들켜서는 안 된다. 그런 느낌이 들었다. 중요한 정보는 무엇 하나 발설해서는 안 된다. 적어도, 지금은 아직.

Chapter 3

1월 4일의 마쓰키 게이타

향후 분석과 대책을 고려해 기록을 남겨두기로 한다.

솔직히 이 정도일 줄은 몰랐다.

한자는 거의 실패. 히라가나와 가타카나는 일단 어떻게든 되는 것 같지만 당황하면 틀린다. 어째서 '아'와 '오'를 혼동하는 건지. 대체 영문을 알 수가 없다. '아'와 '오'가 그렇게 비슷한가? 지금까지 그런 생각은 해본 적도 없었지만, 생각해 보자. 영문을 알 수 없다고 해봤자 소용없다. 내가 생각하는 수밖에 없다.

그나저나 나도 옛날보다 글씨가 서툴러진 것 같다. 한자도 많이 잊었다. 스마트폰만 쓰는 탓일지도.

잇 짱에게서 전화가 걸려 온 것은 오늘을 포함해 앞으로 이틀이면 신년 연휴가 끝나는 날 아침이었다. 마음속이 두 가지 색으로 정확하게 반씩 칠해져 있다. '회사에 가기 싫다, 피곤해'라는 어두운 실망의 색과, '하지만 아직 연휴는 남아 있어'라는 밝은 안도의 색. 두 가지 색의 마음을 품은 마쓰키는 마침 그 전날 편의점에서 사둔 빵을 큼직하게 베어 물고 있어서 전화를 조금 늦게 받았다.

"뭐야?"

"……대뜸 '뭐야?'라니 너무하지 않아?"

잇 짱은 피식 웃더니 "새해 복 많이 받아"라고 말했다. 마쓰키도 빵을 삼키고 "그래. 너도"라고 대답했다.

회사에서 오는 연락을 제외하면 전화가 걸려 오는 일도, 거는 일도 적다. 다른 친구나 기요세는 주로 라인으로 연락한다. 전화는 난폭하다. 어쨌거나 타인의 생활 시간에 멋대로 끼어드니까. 하지만 잇 짱은 전화를 선호

하고, 거기에는 분명한 이유가 있다.

"오늘 밤 시간 있어?"

"왜?"

"슬슬 이로토리도리 하고 싶지 않아?"

잇 짱은 근처 꼬치 가게 이로토리도리에 간다는 말을 '이로토리도리 한다'고 동사로 표현한다. "어제 내가 이로토리도리 했을 때"라는 식으로.

전화 저편에서 잇 짱의 어머니가 누군가와 이야기하는 목소리가 들려왔다. 여기하고 저기에 배달, 12시까지. 어제 만든 감자샐러드가 어쩌고저쩌고. 잇 짱이 사는 집 1층은 '이와이 도시락'이라는 도시락 가게다. 잇 짱은 고등학교를 졸업하고 나서 몇 가지 아르바이트를 경험한 뒤로 줄곧 가게 일을 돕고 있었다.

"좋아. 가자."

기요세는 오늘도 내일도 일을 하니까 만날 약속은 하지 않았다. 다시 말해 굉장히 한가하다는 뜻이다.

18시에 가게 앞에서 만나기로 약속했다. 잇 짱의 집과 마쓰키가 사는 아파트는 도보 5분 거리다. 우연이 아니다. 오사카 시내에 있는 회사에 취직하게 되었을 때,

부동산에 가서 "이 지역으로 찾아달라"고 부탁했다. 옛날에 다녔던 초등학교가 있는 지역이라 구석구석 잘 아는 곳이다.

민영 전철로 한 번에 오사카 시내까지 갈 수 있고, 역 앞에 상점가가 있고, 24시간 영업하는 슈퍼마켓이 있고, 병원은 내과, 안과, 치과 등등, 역에서 도보 몇 분 거리에 전부 모여 있다. 근처에 대학교가 있어서 그런지 1인 가구에 걸맞은 아파트도 많다.

그래도 역시 중학생 때에 비해 여기저기 많이 변했다. 마쓰키가 과거에 잇 짱과 다녔던 군것질 가게는 아파트로 바뀌었고, 오락실은 코인 빨래방이 되었다. 마쓰키가 태어나 열다섯 살까지 지낸 할아버지의 집은 할아버지가 돌아가시고 바로 공사에 들어가 지금은 주차장이 되었다. 기억과 다른 풍경에 일말의 쓸쓸함은 있지만 향수를 곱씹으려고 이 동네에서 살고 싶었던 건 아니니 크게 상관없었다.

이로토리도리의 오렌지색 간판 앞에 있던 잇 짱이 걸어오는 마쓰키를 보고 한 손을 들었다. 토해 내는 입김이 하얬다. 일찍 도착해서 기다리고 있었는지 코끝이 빨

갰다.

"안에서 기다리지 그랬어."

"그냥."

미리 예약해야 할 정도로 인기 있는 가게는 아니다.
매번 비슷한 손님들이 카운터를 점령하고 있다. 마쓰키
와 잇 짱이 앉는 자리는 항상 가장 안쪽 테이블이었다.

"뭐 시킬래? 나는 모래집."

"마쓰키는 진짜 모래집 좋아하네."

"응."

벌써 몇 번이나 본 메뉴판을 들여다본다. 절대 웃지
않는 접객 태도로 (두 사람 사이에서) 유명한 여자 종업원
이 다가와서 주문을 받았다. 금방 나올 줄 알고 시킨 풋
콩과 토마토보다 닭튀김이 먼저 나왔다.

"전부터 여기 닭튀김이 먹고 싶었거든. 아무리 제철
이라도 밤 디저트는 질렸어."

잇 짱은 여러 가게의 닭튀김을 먹어보았지만 이로토
리도리가 최고라고 했다. 마쓰키는 이와이 도시락의 닭
튀김 도시락이 훨씬 맛있다고 생각한다.

닭튀김 도시락 다음으로는 중학교 2학년 때 이와이

네 집 2층 거실에서 얻어먹은 닭튀김도 맛있었다. 운동회 날이었다. 기마전에서 눈부시게 활약했다고 잇 짱의 어머니가 저녁 식사를 차려주었다. 닭튀김 도시락에 들어 있는 반찬과 조금 달랐다. 파로 만든 소스를 뿌려주었는데, 질리지가 않았다. 함께 나온 커다란 주먹밥도 맛있었다.

마쓰키의 어머니는 집에서 튀김 요리를 한 적이 없다. 지저분해지는 데다가 무엇보다 기름을 많이 쓰는 요리는 몸에 좋지 않다고 생각하는 것 같았다.

두 사람은 한동안 대화라고도 할 수 없는 두서없는 이야기를 나누었다. 이거 맛있네, 조금 졸린다, 그런 수준의. 이따금 잇 짱이 시선을 들어 마쓰키의 기분을 살피는 것은 눈치채고 있었다. 뭔가 하고 싶은 이야기가 있는 거겠지. 귀찮은 이야기는 아니면 좋겠다. 하지만 잇 짱이니까 그런 이야기를 할 리 없다는 생각도 했다.

옛날부터 알고 지내는 상대라도 귀찮은 이야기를 꺼내는 사람은 있다. 돈을 빌려달라거나, 보험에 가입해 달라거나, 냄비나 세제를 사달라는 부탁이면 그나마 낫다. 할 수 있는 범위에서 도와주면 되는 일이고, 어렵다면 못 한다고 확실하게 거절한다. 그걸로 서먹해진다면 그 정도 관계라는 뜻이다.

친구는 그럭저럭 많은 편이다. 하지만 가장 죽이 맞는 상대가 누구냐고 묻는다면 망설이지 않고 잇 짱이라고 대답한다. 초등학교에서도 중학교에서도 항상 함께 어울렸다.

중학생이 되고 나서 바로 잇 짱이 한 살 위 조금 나쁜 선배들과 어울리기 시작했을 때는 '우와, 싫다'라고 생각했지만 소원해지지는 않았다. 잇 짱과 함께 있는 탓에 마쓰키도 '조금 나빠졌다'고 부모님이 오해해서 호되게 잔소리를 듣기도 했지만 그것도 굳이 따지면 잇 짱 때문은 아니었다.

도쿄로 이사 간 뒤로도 우정은 이어졌다. 대단한 이야기를 하는 것은 아니었지만 자주 전화 통화를 했다. 잇 짱은 남의 험담을 하지 않는다. 불평도 하지 않는다. 남 이야기를 하거나 헐뜯지 않는다. 그래서 별 내용이 아니라도 잇 짱과 나누는 대화는 언제나 즐거웠다. 10대 때부터 오늘까지 줄곧.

"요즘 어때?"

잇 짱이 세 잔째 생맥주를 마시며 두루뭉술하게 물었다. 왜 있잖아, 그 애, 하고 답답하다는 듯 목을 집게 손가락으로 두드렸다. 여기에 걸려서 나오지 않는다는 시늉이다.

"기요세?"

"그래, 그래. 애인하고 어때?"

기요세와 사귄 지 벌써 반년이 되었다. 언젠가 잇 짱에게 소개하고 싶지만 어째선지 타이밍이 맞지 않아 계속 미루고 있다. 기요세라는 연인이 있다는 사실은 잇 짱에게 말했지만 어디에서 만났는지, 외모는 어떤지, 그런 이야기는 하지 않았다. 자기가 좋아하는 두 사람이 친하게 지내면 기쁘겠지만, 지금까지 소개할 기회가 닿지 않는다는 것은 인연이 없다는 뜻일까? 기요세에게도 잇 짱에 대해 이야기한 적이 별로 없다. 기요세의 친구를 만난 적도 없다. 자주 나오는 이름은 '시노'이지만 얼굴도 모른다. 기요세와 사이가 좋다면 분명 좋은 사람일 거라는 무책임한 신뢰뿐이다.

"뭐, 순조롭다고 해야겠지."

"해야겠지, 라니 그렇게 어중간한 느낌이야?"

"어중간한 건 아니지만 뭐랄까, 열렬한 연애는 아니야."

기요세의 성격 영향이 크다. 매일 연락을 하고 싶어하는 여자도 있다. 만나면 딱 달라붙어 응석을 부리는 여자도 있다. 기요세는 다르다. 애정 표현의 온도가 낮다. 어떠한 때라도 담백하다.

"매일 '좋아한다'고 해? 오늘도 예쁘네, 이런 말은?"

"그게 뭐야. 말할 리 없잖아."

그런가, 하고 잇 짱이 시선을 떨어뜨렸다.

"너도 여자한테 그런 말 한 적 없잖아."

잇 짱은 지금까지 여러 여자와 사귄 경험이 있다. 교제 기간은 전부 짧았다. 대개 상대가 양다리를 걸쳤거나, 상대가 다른 사람을 좋아하게 되었다거나, 그런 이유로 끝난다. 운이 없는 것이다.

"잇 짱, 무슨 일 있었어?"

오늘은 왠지 태도가 이상하다. 잔을 들었다가 테이블에 내려놓는 행동을 반복하고 있다.

잇 짱은 숨을 크게 내쉬더니, 두 사람의 오랜 우정 속에서 한 번도 본 적 없는 진지한 표정으로 말했다. 마쓰키, 난 사랑에 빠졌어.

진동 소리에 잠이 깼다. 천천히 눈을 뜬 마쓰키는 그 진동이 스마트폰 소리라는 사실, 스마트폰이 바로 누운 자기 가슴에 얹혀 있다는 사실을 확인했다. 더듬더듬 겨우 알람을 껐다.

어제 돌아와서 기요세에게 메시지를 보내려다가 그대로 잠들어버린 기억을 떠올리고 화면을 보니 '자금돌아'라는 수수께끼의 단어를 송신한 흔적이 있었다.

아직 졸음과 술기운이 남아 있는 흐리멍덩한 머리로 아마 '지금 돌아왔어'라고 보내려다가 잘못 누른 상태로 그대로 보냈다고 짐작했다.

기요세가 연달아 보낸 '자금돌아라니 뭐야?', '자금을 돌린다고?', '자, 금돌아? 뜬금없이 무슨 소리야?'라는 답장과 고개를 갸웃거리는 병아리 스티커를 바라보았다. 다잉메시지 같은 메시지를 보내서 혼란에 빠뜨린 것을 반성하면서 해명하는 답장을 보냈다. 어젯밤에는 미안했어, 취해 있었어. 중간에 잠든 것 같아, 지금 깼어. 그저 '지금 돌아왔어'라고 말하고 싶었을 뿐이야…….

한참 화면을 바라보며 기다렸지만 읽음 표시는 찍히지 않았다. 벌써 출근한 건지도 모른다.

스마트폰이 다시 떨리기 시작했다. '잇 짱'이라고 표시되어 있다. 전화를 받자 갑자기 "11시 괜찮아?"라고 물었다.

"뭐가?"

"어제 약속했잖아."

"어? 뭘?"

"일단 데리러 갈 테니까. 외출할 준비해."

전화는 바로 끊겼다. 마쓰키는 비틀비틀 세면대로 향했다. 치약 뚜껑이 열려 있었다. 취해서 돌아왔지만 일단 양치질만큼은 하고 잔 기억이 어렴풋이 떠올랐다.

머리카락과 목덜미가 끈적거리는 것으로도 모자라 어째선지 거칠거칠했다. 아아, 의미 없이 신음을 하며 옷을 벗었다. 1월의 아침 욕실 바닥은 차가워서 발을 딛자마자 벌벌 떨렸다.

머리부터 샤워 물을 뒤집어쓰자 꼬치구이 냄새가 확 일었다. 그 냄새를 맡은 순간 어젯밤 기억의 조각이 되살아났다. 조각 몇 개를 이어 붙여서 시간 흐름순으로 다시 배열했다.

그렇다. 잇 짱이 "마쓰키, 난 사랑에 빠졌어"라고 했다. 유난히 심각한 표정으로.

잇 짱은 이와이 도시락의 손님에게 반한 것 같았다. 이름은 스가이. 잇 짱이 동네와 도보 가능한 범위에 있는 아파트, 맨션에 꼬박꼬박 넣었던 50엔 할인권 포함 전단지를 들고 찾아왔다.

이와이 도시락에서는 작년 가을부터 '500킬로칼로리 런치'라는 도시락을 팔고 있다. 잇 짱의 아이디어였다. 자그마한 포장 용기, 밥의 양은 적게, 채소는 많이. "밥은 적게 담아달라"고 부탁하는 여성 고객들이 많은 점에서 착안했다고 한다.

스가이는 그 도시락을 사러 왔다. 처음 사러 온 그 이튿날에도 또 사러 왔다.

"그때, 그 사람이 편지를 주더라고."

잇 짱은 그렇게 말하며 뺨을 쓱 붉혔다. 술기운 탓은 아니었다.

"오, 적극적이네."

연락처를 준 거라고 넘겨짚은 마쓰키를 잇 짱이 "아

니야, 아니라니까" 하고 손짓으로 부정했다.

　편지에는 도시락이 너무 맛있었다, 잇 짱과 어머님이 굉장히 편하게 대해 줘서 기뻤다는 말이 적혀 있었다고 한다. 불평을 듣는 경우는 가끔 있지만 일부러 칭찬해 주는 손님은 적다. 잇 짱과 어머니는 "기쁘네", "정말 그래" 하고 서로 기쁨을 곱씹었다.

　그녀는 그다음 날에도 또 찾아왔다.

　"그 여자 인상은 어때?" 하고 경박하게 들뜬 목소리로 물었던 기억을 샴푸 거품을 내면서 새삼 떠올렸다.

　"한마디로 표현하자면 청초해. 머리카락이 길고, 하얀 코트를 입었어. 생김새는 귀엽다기보다 아름다운 느낌."

　"좋네."

　"하지만 웃지를 않아, 조금도."

　이로토리도리 종업원처럼 웃지 않느냐고 묻자 "아니야, 아니야" 하고 고개를 저었다. 그 종업원에게서는 '웃고 싶지 않을 때는 웃지 않겠다'는 강력한 의지가 느껴지지만, 스가이는 뭔가 깊은 슬픔과 고뇌를 품고 있어서 '웃을 수 없는' 것처럼 보인다는 것이었다.

　"하지만 생각해 보면 애초에 생글거리며 도시락을

사러 오는 사람이 어디 있어?"

"아니, 꼭 그렇지만도 않아. 자주 오는 아주머니는 도시락을 사러 와서 엄마하고 수다를 떨면서 얼마나 많이 웃는데."

"그건 단골에 아주머니니까 그렇지."

청초하고 아름다운 스카이는 웃지 않는 것은 물론이고 울어서 부은 눈으로 빈번하게 도시락을 사러 온다.

잇 짱은 그게 계속 마음에 걸렸다. 대체 어떻게 사는지. 무슨 고민이라도 있는 건지. 손님에게 그렇게 사적인 질문을 할 수는 없다. 하지만 뭔가 힘이 되어주고 싶어 가만히 있을 수가 없었다. 고민 끝에 도시락 봉지에 사탕을 하나 넣었다.

"사탕? 왜?"

"아이들을 데리고 오는 손님한테 서비스로 주려고 사둔 사탕이 있었거든. 운세가 들어 있는 거. 이거야."

잇 짱이 테이블에 올려놓은 두 개의 사탕은 눈에 익었다. 빨간색과 파란색 줄무늬에 천사 그림. 어렸을 때 몇 번 먹은 적이 있다. 콜라 맛 아니면 소다 맛이었던 것으로 기억한다. 큼직한 사탕에는 기포가 섞여 있었다. 먹다 보면 어김없이 입안을 베여서 결국 피 맛을 보게 된다.

"포장지 안쪽에 운세가 적혀 있는데, 이런 건 대부분 좋은 운세만 적혀 있잖아."

추억에 젖어 잇 짱의 허락을 받아 포장지를 뜯었다. 작은 글자로 '5등'이라고 적혀 있는데 좋은 결과인지 나쁜 결과인지 모르겠다. 등수 밑에 그보다 작은 글씨로 '과소비에 주의!'라고 적혀 있다.

"난 2등."

잇 짱이 자기가 뜯은 사탕 포장지를 보여주었다. '넓은 곳에 가면 마음도 넓어집니다'라는, 운세도 그 무엇도 아닌 글이 적혀 있었다. 이런 건 그거야, 누가 들어도 그럴싸한 소리를 적어두는 거야. 심리학 용어로 표현하면 무슨 효과 있잖아, 바 어쩌고 효과, 생각났다, 바넘 효과다, 그렇게 말하는 마쓰키를 "잠깐, 잠깐" 하고 잇 짱이 가로막더니 "미안, 스가이 씨 이야기 좀 더 해도 돼?"라고 눈썹을 찌푸렸다.

이튿날 도시락을 사러 온 스가이는 잇 짱에게 "1등이었어요!"라고 말하더니 처음으로 웃음을 보여주었다고 한다.

"그 표정이 얼마나 귀엽던지. 그보다 사탕에 딸린 운세가 1등이라는 사실 하나에 그렇게 기뻐하다니, 엄청 귀엽지 않아? 좋은 사람이구나 싶었어. 이 사람이 더 많이 웃었으면 좋겠다, 웃게 해주고 싶다, 그런 생각을 하게 됐단 말이야. 이해해?"

"응."

"하지만 나는 연말에 보고 말았어."

잇 짱은 도시락 배달을 마치고 돌아가는 길이었다. 자전거를 타고 공원 앞을 지나갈 때, 벤치에 있는 스가이를 발견했다.

"울면서 도시락을 먹고 있었어."

500킬로칼로리 런치를 무릎에 얹고 어깨가 들썩일 정도로 흐느껴 울면서 젓가락을 움켜쥐고 있었다. 혼자서 도시락을 먹으며 우는 여자. 대체 무슨 일이 있었단 말인가?

"마쓰키 넌 울면서 밥 먹은 적 있어?"

"없어."

"나도 없단 말이야."

식사는 사람을 웃게 해준다고 생각했는데. 잇 짱은 그렇게 중얼거리며 어깨를 늘어뜨렸다. 울고 있는 그녀에게 말을 걸어도 될지 판단이 서지 않아 그날은 잠자코 돌아왔다고 한다. 그 후로 잇 짱은 그 공원 앞을 지날 때면 그녀가 있는지 확인하게 되었다. 다섯 번 중 세 번은 있었다. 비 오는 날을 빼고 그 공원에서 혼자 점심 식사를 하는 것 같았다. 살짝 기쁜 기색으로 그런 이야기를 하는 잇 짱이 약간 스토커 같다고 생각했지만 입 밖에 내지는 않았다.

잇 짱에게 관찰당하는 줄도 모르는 스가이는 그 후로도 매일 도시락을 사러 왔다. 사생활은 수수께끼다. 책을 자주 들고 있으니 독서를 좋아한다는 것은 알겠다. 가게에 오는 시각이 제각각이라 아직 직업은 모르겠지만, 잇 짱은 점심시간이 엄밀하게 정해진 직장은 아닌 것 같다고 추리했다.

"무직일 가능성도 있잖아."

"응. 아니면 프리랜서라거나."

그런 대화를 떠올리며 샤워를 마치고 옷을 입고 드라이어로 머리를 말리는데 초인종이 울렸다. 문을 열자 잇 짱이 서 있었다. 스카이에 대해 이야기하는 사이 서로 제법 마신 것 같았는데 "여" 하고 기운차게 손을 드는 잇 짱에게서는 숙취를 전혀 찾아볼 수 없었다.

"나가기 전에 차 한 잔 마셔도 돼?"

"물론 되지."

잇 짱은 신발을 벗고 들어와 멋대로 텔레비전을 틀어서 보기 시작했다. 마쓰키는 머그잔에 홍차 티백을 넣고 뜨거운 물을 부었다. 잇 짱의 몫도 함께.

오늘은 일요일이다. 냉장고에 붙여둔 분리수거일 달력을 바라보며 마쓰키는 홍차를 후후 불었다.

어젯밤 가게를 나설 때 잇 짱이 "마쓰키도 스카이 씨를 좀 봐줬으면 해" 하고 두 손을 모았다. 오늘 잇 짱은 그녀가 있는 공원에 데려가기 위해서 이곳을 찾아온 것이다.

"다시 한번 묻겠는데 왜 나야?"

홍차를 불면서 물었다.

"그야 나는 모르겠으니까 그러지. 그 사람을 어떻게 해야 더 웃게 할 수 있을지 짐작도 안 가. 마쓰키라면 알지도 모르잖아."

"그 근거는?"

"나보다 여자를 잘 알고, 나보다 똑똑하니까."

자기보다 똑똑하다는 건 잇 짱의 입버릇이었다. 나는 멍청해서 대학은 못 가, 라는 말도.

"그렇지 않아."

말은 그렇게 하지만 잇 짱은 그저 자기가 좋아하는 여성을 보여주고 싶은 것뿐일지도 모른다. 어때, 아름다운 사람이지, 멋지지, 하고 자랑하고 싶은 것이다.

테이블에 팔꿈치를 얹고 있는 잇 짱을 훔쳐보았다. 마쓰키보다 키가 크고, 머리카락은 짧다. 쌍꺼풀이 없는 눈은 웃으면 다정하게 휘어진다. 외모도 나쁘지 않고, 무엇보다 착한 녀석이다. 잇 짱이 행복해지면 좋겠다.

"잇 짱은 오늘 가게 쉬어도 되는 거야?"

"응. 미치코 씨가 와 있으니까."

미치코 씨는 파트타임으로 일하는 50대 여성이다.

항상 그렇듯 시답지 않은 이야기를 나누며 걸었는데 공원이 가까워지자 잇 짱의 말수가 노골적으로 줄었다.

그리 넓은 공원은 아니었다. 어렸을 때 마쓰키도 잇 짱을 포함한 친구 몇 명과 놀러 온 적이 있다.

"아, 있다."

있어, 있다니까, 마쓰키! 잇 짱이 흥분해서 마쓰키의 팔을 움켜쥐고 흔들었다.

"알았다니까. 알았으니 놔."

등받이가 없는 벤치에 하얀 코트를 입은 여성이 앉아 있었다.

그런가, 저게 잇 짱이 반한 사람인가. 마쓰키는 허리를 굽혀 공원을 에워싼 화단에 몸을 숨기고 관찰했다. 윤곽을 샤프로 그린 것 같다고 할까, 뭐라고 할까. 잇 짱이 말한 것처럼 얼굴은 아름다웠지만 어딘지 모르게 불길함이 감도는 미모였다.

행복이 어울리지 않는 사람. 하지만 그런 무례한 감상은 입 밖에 내서는 안 된다.

마쓰키보다 몸집이 큰 잇 짱은 허리를 숙이는 정도로는 되지 않아 완전히 웅크리고 앉았다. 항상 저렇게 범죄자처럼 스가이를 훔쳐보는 걸까. 그렇다면 친구로서 한마디 해줘야 하지 않을까.

"잇 짱, 말은 안 걸어?"

"응."

"왜?"

"왜긴. 음. 아니. 나도 잘 모르겠어."

"모처럼 찾아온 기회니 말 걸어보자."

괜찮지? 잇 짱. 그렇게 말하며 팔을 붙잡아 끌어올렸다. 마쓰키의 목소리가 컸는지 스카이가 고개를 들었다. 잇 짱을 알아보고 '아' 하는 표정을 지었다. 마쓰키는 잇 짱의 등을 살짝 쳐서 공원으로 떠밀었다.

무슨 일이에요? 아니, 그냥, 우연히. 그런가요. 마쓰키는 등을 돌린 채로 두 사람의 대화를 들었다.

"저분은, 친구이신가요?"

스카이가 그렇게 묻는 목소리가 들려서 시선을 돌렸다. 고개를 숙이자 상대방도 마찬가지로 인사를 했다.

한참 그러고 있는데 "이런 거, 전부터 동경했어요" 하고 또다시 스카이의 목소리가 들렸다. 다시 시선을 돌렸다. 무릎에 올려둔 책을 들어 잇 짱에게 보여주고 있다. 괜찮으면, 하고 스카이가 말을 이었는데 그다음은 옆을 지나가는 스쿠터 소리에 묻혀 들리지 않았다. 잇 짱이 "네?!"라고 외치는 소리가 울려 퍼졌다.

얼마 있다가 무슨 일인지 얼굴이 벌게진 잇 짱이 돌아왔다.

"마쓰키, 가자."

"뭐야, 다 끝났어?"

둘이서 차라도 마시고 오지, 하고 제안하는 마쓰키에게 잇 짱은 "괜찮아"라고 고개를 젓더니 성큼성큼 걸음을 뗐다. 당황해서 그 뒤를 쫓았다.

"역 앞에 서점 있지?"

잇 짱이 마쓰키를 돌아보았다.

"있는데, 왜, 책 사려고?"

역 앞 서점에는 별로 가본 적이 없었다. 하지만 기요세가 "거기, 동네 책방 느낌이라 좋아. 자주 거기서 책을 주문해"라고 했다.

"스가이 씨가 읽던 책을 살 거야."

"아, 그렇군."

《깊은 밤의 강》이라는 제목이었다고 했다. 역 앞 서점에 들어가 보았지만 찾을 수 없었다. 시무룩하게 어깨를 늘어뜨린 잇 짱을 보고 있으려니 안타까워서 마쓰키는 "반대편 대형마트에 있는 서점이라면 있을지도 모르니 가보자" 하고 제안했다.

"미안해."

"괜찮아, 어차피 한가해."

자전거를 가지러 일단 각자 집으로 돌아갔다.

자전거를 타고 한 줄로 나란히 달리고 있자니 중학생으로 돌아간 기분이었다. 그 시절 두 사람은 믿을 수 없는 거리를 자전거로 이동했다. 자동판매기 주스는 비싸니까 음식이나 음료는 출발 전에 준비해 둔다는 암묵의 규칙이 있었다. 다들 별로 유복한 집에서 태어나지 않았다.

돈은 지금도 그리 많은 건 아니지만 그때보다는 여유가 있다.

"잇 짱은 항상 그거, 사카타에서 파는 종이팩에 든 68엔짜리 카페오레에 빨대를 꽂아 마셨지."

앞서 달리는 등을 향해 말을 걸었다. 잇 짱은 돌아보지 않고 "뭐야, 갑자기" 하고 웃었다.

"갑자기 생각나서."

"조금 더 괜찮은 추억을 떠올려 줘."

차가운 맞바람에 귓불이 따끔했다. 목도리 틈새로 가차 없이 바람이 들어왔지만 한참 페달을 밟는 사이 이마에 땀이 맺혔다.

"마쓰키, 뭐 좀 물어봐도 돼?"

빨간 신호가 켜진 횡단보도에서 멈춰 섰을 때, 잇 짱이 뒤를 돌아보았다.

"응."

"펜팔 해본 적 있어?"

"뭐? 없어."

"역시, 그렇겠지."

"해봤을 리 없잖아."

"아까 스가이 씨가 그러더라고. 펜팔 하지 않겠냐고."

"아니, 잠깐만. 무슨 소린지 전혀 모르겠어. 무슨 소리야, 그게?"

펜팔이라는 건 멀리 사는 서로 모르는 사람들이 하는 거라고 생각했다. 횡단보도 신호가 파란불로 바뀌었다. 혼란을 끌어안은 채로 마쓰키는 다시 페달을 밟았다.

마트 안에 있는 서점에서 《깊은 밤의 강》이라는 책을 발견했다. 직접 찾아낸 것은 아니었다. 앞치마를 두르고 바삐 일하고 있던 점원에게 조심스레 물어보니 바로 판매대로 안내해 주었다. 스가이는 도서관에서 빌렸다는 단행본을 가지고 있었지만 가게에 있던 것은 문고였다.

"다행이네, 문고가 있어서."

"왜?"

잇 짱은 어리둥절한 기색이었다. 어쩌면 직접 책을 사보는 게 난생처음일지도 모른다. 마쓰키도 독서 습관은 없지만 단행본보다 문고가 작고 가볍고, 같은 내용이라도 값이 싸다는 사실 정도는 알고 있다.

잇 짱은 점원에게 또 "편지 쓰는 법 같은 책도 있습니까?"라고 묻더니 안쪽으로 따라갔다. 설마, 정말 펜팔을 할 셈인가?

하지만 어떻게?

이윽고 돌아온 잇 짱은 《편지 예문집》이라는 책을 들고 있었다. 계산을 마치고, 각자 집으로 돌아갈 줄 알았는데 잇 짱이 "너희 집에 가도 될까?"라고 물었다.

"그래."

이렇게 됐으니 끝까지 도와줘야지. 또 나란히 한 줄로 자전거를 몰아 마쓰키의 집에 도착했다.

"마쓰키, 이거 음독 좀 해줘."

잇 짱이 《깊은 밤의 강》을 내밀었다. 이유는 묻지 않았다. 오히려 이런 대화를 하니 옛날 생각마저 났다. 하지만 '음독'이라니, 오랜만에 듣는다는 생각도 했다. 초등학생 때 이후로 처음 아닐까?

"알았어."

책을 받아서 페이지를 펄럭펄럭 넘겼다. 그리 두꺼운 책은 아니다.

"읽는다? '니나가 사라진 그날, 여름 끝자락의 저녁 무렵, 몹시도 짧은 잠에서 깨어나자마자 그녀가 사라졌음을 알았다.' 잠깐만 기다려, 커피 좀 끓여 와도 돼?"

"물론이지."

두 사람 몫의 커피를 끓인 다음 침대에 걸터앉아 책을 낭독했다. 잇 짱은 러그 위에 드러누워서 듣고 있었다.

《깊은 밤의 강》은 주인공이 사라진 연인 니나와 편지를 주고받는 이야기였다. 학교에 제대로 다니지 못한 '나'는 글자를 읽고 쓸 줄 모른다. 그 사실을 사람들에게 숨기고 있다. 옛날 미국에는 이런 사람이 제법 있었던 걸까? 그런 생각을 하면서 마쓰키는 그 문장을 낭독했다. 읽으면서 스가이는 편지를 주고받는 두 사람을 보고 '동경했어요'라는 말을 한 거라고 이해했다. 펜팔 운운하는 이야기도.

니나는 '나'와 만나기 전에 결혼한 과거가 있었다. 그 남편이 강에서 익사한 사실을 '나'는 니나가 사라진 뒤에 알게 된다. 사고로 처리되었지만 남편의 친척들은 니나를 의심해, 지금도 그녀를 추적하고 있다.

나나가 도망 다니는 것으로 보아 '나'는 그녀가 남편을 죽였을 거라고 상상하지만, 그래도 각지를 전전하는 니나에게 계속 편지를 보낸다. 그런 10년 넘는 세월이 그려져 있었다. '나'는 이웃 할머니에게 글을 배워 글자를 습득한다. 처음에는 몇 시간씩 걸려 겨우 'Hello'라는 한마디를 쓴 편지를 보낸다. 돌아온 니나의 답장을 읽는 데에도 역시 엄청난 시간이 걸렸다. 힘들어서 그만두고 싶다.

세월이 지나고, 글자를 쓸 수 있게 된다. 그 덕분에 새로운 직장도 얻게 되었다. 월급이 늘고, 아파트를 옮긴다. 모든 일이 순조롭게 굴러가던 때, 갑자기 니나가 자살했다는 소식을 받는다. '나'는 니나를 찾아가 우체통에 들어가지 못한 마지막 편지를 받는다. 이야기의 마지막, '나'는 결국 자신이 니나에 대해 아무것도 몰랐다는 사실을 깨닫는다.

마지막 한 줄까지 읽고 나니 목구멍이 살짝 아렸다. 어느 틈에 해가 저물었는지 어둑해진 방에 불을 켰다. 잇 짱은 천장을 뚫어져라 바라본 채로 꼼짝도 하지 않았다. 읽고 쓸 줄 모른다는 부분에 동요한 것일까?

마치, 자기 같아서?

'나'는 초등학교를 중퇴했다는 설정이었지만 그 점은 잇 짱과 달랐다. 연필을 제대로 쥐는 법도, 글자도 배웠다. 다만 똑같이 배웠는데, 똑같이 익히지 못했다.

지금은 간판 글자나 가게 메뉴는 읽을 수 있는 것 같지만 긴 문장은 읽지 못한다. 읽는 데 긴 시간이 걸린다. 글자를 제대로 눈으로 따라가지 못한다. '읽는' 행위를 하는 것만으로 필사적이라 내용을 이해하는 수준까지 이르지 못한다.

초등학교에서는 상당히 고생했고, 중학교에서는 완전히 낙오되었다. 그 대신 듣기는 잘했다. 소리로 들어온 정보라면 바로 이해할 수 있다. 교과서를 잇 짱 앞에서 읽어주면 바로 내용을 익혔다.

쓰기는 읽기보다 더했다. 구불구불 엉망으로밖에 쓰지 못한다. 자주 좌우가 뒤집힌 글자를 쓴다. 선생님에게 자주 "좀 똑바로 써"라고 혼났다.

엄청나게 집중하면 간신히 읽을 수 있는 글자를 쓸 수도 있었다. 다만 스무 자쯤 되는 문장을 쓰는 데 한 시간 정도 걸렸다.

선생님이 칠판에 쓴 글자를 노트에 베낄 수 없다. 시험도 마찬가지였다. 답안지를 전부 채우기 전에 끝나버리고, 모처럼 쓴 답이 정답인데도 "히라가나가 아니라 한자로 씁시다"라는 말과 함께 전부 오답 처리된 적도 있었다. 잇 짱의 어머니는 "우리 애는 바보니까"라며 웃었다. 성적이 나빠도 살아갈 방법은 있다면서.

교과서를 읽어주면 귀로 이해할 수 있다고 아무리 잇 짱이 주장해도, 마쓰키를 제외한 사람들은 "그런 건 그냥 응석이야", "다른 애들은 잘하잖아"라는 말밖에 하지 않았다.

그냥 나태한 학생으로 찍힌 잇 짱은 어느새 나쁜 선배들과 어울리게 되었다. 고독을 느꼈는지도 모른다. 어째서 다른 사람들처럼 하지 못하느냐는 꾸지람. 머리가 나쁘다고 단정 짓는 주위 사람들. 무엇을 어떻게 호소해도 부정당하는 경험. 마쓰키와 가족의 존재만으로는 채울 수 없을 만큼 커다란 고독을, 잇 짱은 품고 있었다.

어지간한 악행은 한차례 경험한 것 같았다. 오토바이 무면허 운전, 도둑질. 하지만 그들과의 교류도 잇 짱의 고독을 완벽하게 채워주지는 못했는지 중학교 졸업과 함께 연이 끊겼다.

바깥은 이미 깜깜했다. 나, 내일, 회사, 하고 마쓰키가 입을 열려는데 잇 짱이 벌떡 일어났다. 서점 이름이 적힌 봉투에서 《편지 예문집》을 꺼냈다.

"나, 그 사람한테 편지를 쓰고 싶어."

"아니, 하지만."

괜찮아. 잇 짱이 말했다. "뭐가?" 그렇게 묻자 잠시 입을 다물었다가 "아니까"라고 살짝 목소리를 낮추었다. 방에 둘밖에 없어도 큰 소리로 말하기 싫은 내용인 것이다, 잇 짱에게는.

"그 사람, 알고 있어. 내, 그, 글자 문제."

잇 짱이 털어놓았을까? 그렇게 물어보니 잇 짱은 왠지 난처한 표정으로 "아니, 엄마가"라고 중얼거렸다.

"너희 어머니가 말씀하셨어? 스가이 씨한테? 왜?"

"메모 때문에."

벽에 붙여둔 잇 짱의 메모를 스가이가 뚫어져라 쳐다본 적이 있었다고 한다. 그때 잇 짱의 어머니가 "못 읽겠죠? 얘는 옛날부터 글자를 이렇게밖에 못 쓰거든, 이상하죠?" 하고 웃었다고 한다. 부모란 때때로 태연한 얼굴로 남들 앞에서 자기 자식을 모욕한다. 겸손이라고 생각했을까? 자기 자식을 자기라는 인간의 일부분처럼 생각하는 건지도 모른다.

"나, 부끄러웠어. 정말, 정말로 부끄럽고 분했어."

잇 짱의 어머니에게 악의가 없다는 사실은 마쓰키도 알고 있다. 그래서 "그랬구나"라고 고개를 끄덕이는 수밖에 없었다. 잇 짱이 힘껏 고개를 숙였다.

"부탁이야. 내게 글 쓰는 법을 알려줘. 이런 거 부탁할 사람, 마쓰키밖에 없어."

어렸을 때부터 항상 글씨만큼은 주변에 칭찬을 받아왔다. "어머니가 서예학원 선생님이니까"라는 말도 자주 들었다. 어머니는 마쓰키의 글씨가 조금이라도 칸에서 벗어나거나, 꺾이는 부분이나 멈추는 부분을 제대로 쓰지 못하면 즉시 자로 손등을 때렸다. 몇 번이나, 가차 없이. 어른이 된 후에도 누가 글씨를 칭찬해 줄 때마다 벌겋게 부어오른 손등을 떠올린다.

잇 짱은 지금까지 아르바이트 가게나 친구 앞에서 글자를 제대로 쓰지 못한다는 사실을 철저하게 숨겨왔다. 엉망진창인 글씨로 놀림이나 비웃음을 사기 싫은 것이다. 서류에 사인을 해야 할 때. 혹은 롤링페이퍼를 부탁받았을 때. "지금 손을 좀 다쳐서"라거나 "바빠서 손을 뗄 수 없는데, 대신 써줄래?"라거나, 그런 식으로 거짓말을 하며 빠져나왔다. 마쓰키도 지금까지 몇 번 서류를 대필하거나 프린트를 읽어준 적이 있었다.

그렇게까지 피해 왔던 일인데, 이제 와서 맞서려고 한다. 스가이를 위해서.

하지만 잇 짱은 아무것도 느끼지 못하는 걸까? 마쓰키는 잇 짱의 글자를 보고서도 펜팔을 제안하는 스가이가 몹시 그로테스크한 갈망의 소유자처럼 느껴졌다. 그녀는 '동경'이라는 표현을 썼다. 자기가 좋아하는 소설에 현실을 대입시키는 걸까? 그런 건 왠지 오싹했다.

"그 여자를 위해서 그렇게까지……"

"아니야. 그건 아니야. 나는 이제 거짓말을 하고 싶지 않아. 많은 것들을 속이며 살기 싫어. 다시금 그렇게 생각했어."

펜팔은 계기에 지나지 않는다, 지금까지 줄곧 '어떻게든 하고 싶다'고 생각하면서 살아왔다고, 하지만 언제나 어떻게 해야 할지 몰랐다고, 잇 짱은 필사적인 표정으로 거듭 말했다.

"하지만……."

"부탁이야. 부탁할게."

커다란 덩치를 둥글게 웅크리고 고개를 숙이는 잇 짱의 어깨를 붙잡았다.

"알았어."

잇 짱의 부탁이라면 어쩔 수 없지. 마쓰키가 그렇게 고개를 끄덕이자 그제야 잇 짱의 뺨이 누그러졌다.

"해보자."

"고마워. 마쓰키, 고마워."

바닥에 놓인《편지 예문집》겉표지에 시선을 떨어뜨렸다. 봉투를 부리에 문 작은 새가 하얀 날개를 펼쳐 날고 있었다.

잇 짱은 글자 공부를 한다는 사실을 누구에게도,

자기 어머니에게도 비밀로 하고 싶다고 했다. 그러니 문제집도 공책도 우리 집에 숨겨달라는 것이었다. 집에 가져갔다가 만약 어머니에게 들키면 분명 무슨 소리를 들을 거라고 걱정했다. 잇 짱의 어머니는 (악의는 전혀 없겠지만) 가끔 태연히 남을 놀리는 구석이 있으니 어쩔 수 없다. 내 노력을 남이 비웃으면 낙담하는 기분은 이해한다.

잇 짱은 지금까지도 몇 번 글자 공부를 하려 했던 적이 있지만 어머니가 "그런 거 안 해도 어떻게든 돼"라며 말렸다는 모양이다. 하지 않아도 될 고생을 사서 할 필요는 없다는 게 부모 마음일까?

'글을 쓸 줄 아는 사람'이 되고 싶은 잇 짱에게 도전하지 말라고 말할 권리는 누구에게도 없다.

오늘은 초등학생용 히라가나 문제집을 풀어보았는데 '아'부터 순서대로 연습하는 게 단조로워서 지루한 기색이다.

쓰고 싶은 글을 쓰는 편이 의욕을 향상시킬 수 있지 않을까. 둘이 의논해서 일단 '眘丼天音'라는 이름을 쓸 수 있도록 연습하기로 했다. 잇 짱이 가장 쓰고 싶어 하는 글자니까.

잇 짱은 조금 쑥스러워했지만 글자가 점점 모양을 갖추어갔다. 물론 '첫날보다는' 그렇다는 말이지만. 처음 목표('목표'는 무슨 한자를 쓰더라?)는 칸에서 벗어나지 않도록 글씨 쓰기. 글씨의 균형을 맞추는 게 힘든 것 같았지만, 역시 그게 기본이니까. 최종 목표는 남들 앞에서 글자를 술술 쓸 수 있는 수준.

문제는 어쨌거나 습득이 느리다는 점. 전날 연습한 글자도 다음 날에는 이미 기억하지 못한다. '天'은 '하나(一)의 커다란(大) 존재'다, '音'는 일어서는 날, '설 립(立)에 날 일(日)'이다. 그렇게 설명해 줘도 일단 그 '클 대'나 '설 립'이 떠오르지 않는 것이다. 난관이었다.

가로, 가로, 세로, 세로, 그렇게 옆에서 획순을 말해 주면 쓸 수 있는 글자도 있다. '井' 같은 글자가 그랬다. 하지만 앞으로 내가 평생 옆에서 획순을 불러줄 수는 없다.

내가 읽어준 예문집 중에서 잇 짱이 "이걸 연습하고 싶어"라고 고른 어휘가 있다. 내일이 좋은 날이 되기를. 편지의 마무리 인사말이다. 참고로 편지를 마무리할 때는 '괜히 격식을 차리지 말고 상대의 행복을 바라는 한마디를 덧붙이면 좋은 인상을 준다'는 모양이다.

내일이 좋은 날이 되기를.

단순하지만 굉장히 좋은 말이다. 우리 의견은 일치했다.

자기가 좋아하는 사람이 행복하길 바라는 마음. 그 사람의 미래가 밝기를 바라는 마음.

특별한 단어는 하나도 쓰지 않았는데, 분명 애정이 전해지는 말이었다. 나도, 내 소중한 사람에게 말해 주고 싶었다. 내일이, 좋은 날이 되기를.

Chapter 4

7월 25일의 하라다 기요세

대각선 맞은편에 앉은 시노가 네 조각으로 잘린 삶은 달걀에 천천히 포크를 꽂으며 "어……"라고 중얼거려서 기요세는 식사하던 손길을 멈췄다. 그대로 생각에 잠긴 듯 입을 다문 친구에게서 시선을 떼고 가게 안을 둘러보았다. 인테리어를 내세우는 가게는 아니지만 산뜻하고 편안한 멋진 공간이다. 전에 왔을 때와 똑같은 생각을 했다. 이 스뫼레브뢰 요리 전문점에 온 것은 두 번째다. 처음에도 시노와 함께 왔다.

스뫼레브뢰가 뭐냐고 묻자 "북유럽풍 오픈 샌드위치야"라고 알려주었다. '오픈 샌드위치'라는 말을 처음 들었을 때 막연히 빵에 재료를 얹은 단순한 샌드위치를 상상했는데 많이 달랐다. 이 가게의 샌드위치는 그릇 위에 놓인 얇은 빵이 전혀 보이지 않을 정도로 색색의 채소와 새우, 달걀이 먹음직스럽게 담겨 있는, 상당히 볼륨감 있는 요리였다. 빵에는 간 페이스트가 발려 있는데 이게 무척 맛있다. 같이 나오는 물도 클로셰트처럼 그냥 물이 아니라 커다란 병에 오렌지나 라임, 레몬 조각이 들어 있어 입에 머금으면 상큼하고 좋은 향기가 났다.

처음 왔을 때 "맛있다, 맛있어" 하며 감격하는 기요세에게 시노가 "또 오자"라고 했는데, 오늘은 그 약속을 지키기 위한 방문이었다.

시노는 기요세의 고등학교 동급생이었다. 두 사람이 다닌 고등학교에서는 학생들은 모두 뭐든 동아리 활동을 해야 했는데, 일단 편법도 존재했다. 동아리 활동에 매진할 마음이 없는 학생을 위해 '원예부', '영어부', '독서부'와 같은, 한 달에 한 번 정해진 활동에 참가하면 되는 동아리가 있었던 것이다.

기요세와 시노는 '독서부'에 속해 있었다. 한 달에 한 번, 도서실에서 다 함께 같은 예문을 읽고 감상을 주고받는다. 활동 내용은 그게 전부였다. 그조차 "지루해", "귀찮아"라며 빠지는 사람이 속출했다. 하지만 기요세는 그 시간이 싫지 않았다.

용돈을 줄 집안 형편이 아니라서 방과 후에는 매일 패스트푸드 가게에서 아르바이트를 했다. 그 점에 불만은 없었다. 유복하지 않은 집에 태어났다, 그저 그뿐이다. 하지만 할 수만 있다면 마음껏 동아리 활동에 매달리고 싶은 마음도 솔직히 있었다. 그래서 한 달에 한 번, 특별할 것 없는 동아리라도 하나의 즐거움이었다.

예문은 고문 선생님이 골랐다. 대개 근대문학 단편이었다. 《이즈의 무희》나 《직소(直訴)》같은.

감성을 발표할 때 대부분의 학생들은 '무난한 의견'을 말하려 했다. 기요세도 그럴싸한 말, 고문 선생님이 인상을 찌푸리지 않을 말, 즉 독서 감상문에 쓸 법한 말을 하며 속내를 숨겼다. 하지만 시노만은 달랐다. 《직소》는 "유다가 그리스도를 엄청 좋아했다는 건 알겠는데, 이걸 연애 감정이라고 해석해도 될까요?"라고 물어서 선생님의 쓴웃음을 샀고, 《이즈의 무희》는 "왠지 주인공이 거만해서 짜증 나요"라고 해서 다른 학생들의 헛웃음을 샀다. 누가 비웃어도 당당한 시노는 멋졌다.

3년 내내 같은 반이었다. 사이가 좋았던 아이는 그 밖에도 세 명 더 있었다. 그걸 한마디로 설명하자면 '다섯 명 그룹'이라고 해야겠지만, 항상 함께 행동하는 것은 아니었다.

누군가와 항상 함께 붙어 있는 건 좋아하지 않지만 학교에 못 간 다음 날 공책을 빌릴 상대가 없으면 불편하다, 도시락은 누군가와 함께 먹는 게 맛있다, 그런 감각을 가진 사람들끼리 모인 그룹이었다. 단단한 우정으로 엮여 있다고는 도저히 말할 수 없는 다섯 사람이었지만 졸업하고도 교류는 이어졌다.

하지만 나이를 먹어가면서 진학, 출산, 이직, 그런 이유로 한 사람, 또 한 사람, 오사카를 떠났고 시노와 기요세 둘만 남았다. '시노이 미치루'라는 이름이지만 '미치루'라고 불리면 왠지 근질근질하다고 본인이 그래서 줄곧 '시노이' 혹은 '시노' 그런 식으로 불렀다.

시노에게 '근사한 가게에서 아침 먹기'는 취미가 아

니라 라이프워크라고 했다. 요리나 가게 외관을 사진으로 찍어 부지런히 SNS에 올린다. 대개 혼자 가지만 드물게 기요세를 부른다.

'네가 맛있다, 맛있다 하면서 먹은 스뫼레브뢰 가게, 또 갈래?'

그런 메시지를 받은 게 2주 전으로, 2초쯤 고민하다가 가볍게 '당연히 가야지!'라고 답장했다. 그때는 설마 마쓰키가 이렇게 될 줄 생각도 못 했다.

"음, 그러니까."

입을 오물거리던 시노가 또 중얼거렸다. 뭔가 바쁘게 머리를 굴릴 때 쉼표처럼 넣는 추임새라는 것을 기요세는 알고 있다.

그저께 마쓰키가 다쳐서 입원했고, 지금도 의식불명이라는 이야기를 한 참이었다. 놀란 시노는 "고생했네"라고 기요세를 위로했고 "아니, 여기 있어도 되는 거야?"라고 걱정해 주었다. 들어줬으면 했어, 라는 기요세의 말에 생각에 잠기더니 식사를 하면서 뭔가 계속 생각하는 눈치였다. 그 일과, 그 후로 벌어진 일들을 어떻게 받아들여야 할지 난처한 모양이었다.

"내 생각에는, 기요세…… 어, 이런 말 해도 돼?"

"눈치 보지 말고 말해, 이런 판국이니 뭐든지."

"애초에 기요세는 마쓰키한테 조금 거리를 두었던 것 같아. 이야기로만 들은 거고 실제로는 어떤지 모르겠지만, 애인인데 그렇게 지냈다고? 그런 생각이 들었어."

"어, 그렇게 보였어?"

한 번도 만난 적 없는데 '마쓰키'라고 반말로 부른다. 그 점에 미소를 지으려 했는데 그저 입술이 씰룩거렸을 뿐이었다.

전에 마쓰키가 너무 자기 이야기를 하지 않는다고 의논했을 때, 시노는 심각한 표정으로 "실은 유부남인 거 아니야?"라는 말을 했다. 시노의 동료가 바로 그런 사람과 사귀었다는 것이었다. 오사카에 혼자 부임해 고향에 처자식이 있다는 사실을 숨겼다는 말을 듣고 무심코 "세상에" 하고 얼굴을 찌푸렸다. 최악이라고 생각하면서도 있을 수 있는 일이라는 생각도 했다. 아무리 연인이라고 해도 같은 회사에 다닌다거나 공통 지인이 있지 않고서야 과거나 현재 상황은 전부 상대방의 자진신고에 의존할 수밖에 없다. 거짓말을 해도 검증하기 어렵다.

기요세는 만약 마쓰키가 그렇다면 자기는 어떻게 할까 생각해 보았다. 화를 낼까, 울까? 자세히 상상해 보려 했지만, 그런 상상만으로 점점 기분이 나빠졌다.

시노는 동료를 속인 남자에 대해 한바탕 떠들고 나서 "인간은 태연히 거짓말을 하니까"라며 냉소적으로 입술을 일그러뜨렸다. "그 마쓰키라는 남자가 그렇지 않기를 바랄게"라고 말하는 시노에게 "고마워"라고 매달린 일을 머나먼 과거처럼 떠올렸다.

"거리도 두었고, 별로 믿지 않았을지도. 지금 생각해 보니 그렇다는 말이지만. 하지만 어떨까. 잘 모르겠어."

물을 한 모금 마시고 중얼거렸더니 갑자기 손에 든 유리잔이 무거워졌다. 마오 씨는 마쓰키가 일방적으로 이쓰키 씨를 때렸다고 말했다. 마쓰키의 어머니는 '내 핏줄 같지 않을' 정도로 난폭한 아이였다고. 그녀들의 말이 기요세가 아는 마쓰키와 도저히 연결되지 않았다. 생각할수록 알 수가 없었다. 애초에 '남을 믿는다'는 건 대체 무엇인가 하는 단계부터 의문이 생기기 시작했다.

"어렵네."

시노가 불쑥 중얼거렸다.

"어려워."

그리고 한참 동안 둘이서 식사에 집중했다.

"들어줘서 고마워. 시노밖에 말할 사람이 없었어."

밖으로 나와 기요세는 몇 걸음 앞장서서 걷는 시노에게 말했다.

뒤를 돌아본 시노는 마스크를 고쳐 쓰면서 "뭘" 하고 무심하게 대답하더니 다시 고개를 돌렸다.

시노는 기요세가 몇 번 설명을 들어도 잘 모르는 정밀 기계 부품을 만드는 공장의 사원이다. 3월부터 5월 사이에는 일이 없어 자택에서 대기했다고 한다. 계속 자중하고 있던 모닝 식도락을 다시 시작할 수 있다며 기뻐했다.

시노가 기다리고 기다리던 즐거운 시간을 이런 푸로로 낭비했다. 미안한 마음만 쌓여간다. 더 즐거운 이야기를 하고 싶었다.

"내 입장에서 보면 기요세는 이야깃거리를 너무 골라."

시노가 걷는 속도를 늦추더니 기요세 옆에 나란히 섰다.

"무슨 뜻이야?"

"이런 말을 남에게 하면 부담스러울까, 상처 입을까, 그렇게 일일이 상세히 이야깃거리를 고르잖아. 눈치가 빠른 만큼 남들에게 신경을 써. 하지만 그 배려는 잘못되었다고 봐. 그렇잖아, 그것 때문에 너는 감정을 소화하지 못하고 늘 폭발하잖아. 마쓰키하고 싸웠을 때처럼. 아니야?"

시노에게만 할 수 있는 이야기는 많다. 하지만 시노에게 '뭐든지 말할 수 있는가' 하면 그렇지는 않다. 분명 나는 상대에 따라 할 이야기를 고른다.

"힘들잖아. 그런 거. 나하고 같이 있을 때만큼은 생각나는 대로 말하면 어때?"

"그래도 될까? 그렇게 너한테 응석을 부려도?"

"뭐? 이제 와서!"

시노는 기요세의 등을 탁탁 치고 지하철 반대 방향 플랫폼으로 향했다. 오늘은 이대로 쇼핑하러 간다고 했다. 기요세는 오늘 11시에 출근하면 되어서 시간상으로는 아직 조금 여유가 있다. 병원에 들를 여유가.

그나저나 시노의 말이 맞다. 병원에 가는 길에 스스로가 한심해졌다. 결국 가장 마음에 걸리는 이야기는 하나도 하지 못하고 끝났다. 어제 갔던 마쓰키의 집에 있던 물건들의 의미. 화이트보드에 테이블. 그대로 집어 온 대학 노트에는 전에 기요세가 보았을 때보다 메모가 늘어나 있었다. '향후 분석과 대책을 고려해 기록을 남겨두기로 한다.' 기요세가 잘 아는 아름다운 글씨로, 첫머리에 그렇게 적혀 있었다. 잡다한 감정과 메모 같은 문장이 잔뜩 있어 아직 전부 훑어보지는 못했지만, 읽다 보니 마쓰키가 '잇 짱'이라는 사람에게 글자를 가르쳐주고 있었다는 사실을 알 수 있었다. 테이블에 남아 있던 저학년용 공책의 글씨는 몹시 엉망이었다. 아마도 '잇 짱'은 어린아이이리라. 초등학생이거나 그 정도 되는, 공부를 잘 못하는 아이. 그리고 '스가이 아마네'는 잇 짱의 관계자. '잇 짱'은 이 사람의 이름을 몇 번이고 공책에 되풀이해 연습하고 있었다.

대학 노트에는 '기록'뿐만 아니라 몇 가지 눈에 익은 글이 있어 가슴이 철렁했다. 이 글, 전에 읽은 적이 있다. 그 놀라움을 담아둘 장소를 기요세는 아직 마음속에서 찾지 못했다.

잠든 마쓰키는 어제보다 안색이 나빠 보였다. 계속

곁에 붙어 있고 싶었지만 "체온 잴 시간이라서요"라는 간호사의 말에 쫓겨나듯 복도로 나왔다.

외래 대기실에는 진찰을 기다리는 사람들이 벌써 모여들기 시작했다. 그중 한 사람이 일어나서 "안녕하세요" 하고 기요세에게 손을 흔들었다.

"마오 씨."

하얀 카디건을 입은 마오 씨가 다가왔다.

"병문안 오셨나요?"

"예. 마오 씨도?"

"아뇨, 오늘은 아니에요."

조금 몸이 안 좋아서, 하고 매끈한 눈썹을 찌푸렸다.

"요즘 많은 일들이 있어서 거의 매일 잠을 못 잤거든요."

"그런가요."

마쓰키 씨가 잘못한 거예요. 그렇게 단언하던 마오 씨를 떠올리며 신중하게 대답했다. 마오 씨는 머리카락을 쓸어 올리다가 손에 들고 있던 진찰 예약표를 떨어뜨렸다.

예약표는 기요세의 발밑에 떨어졌다. 기요세는 그것

을 집어 들려고 몸을 숙였다가 손을 뻗은 자세로 몇 초 동안 움직이지 못했다.

예약표에 '菅井天音'라고 인쇄되어 있었다. 마쓰키의 공책에 적혀 있던, 그 이름이다.

"이거……."

"아, 죄송해요. 고마워요."

"아니, 이거, 마오 씨 이름……."

"아, 이거 말이에요? 맞아요, 제 이름 아마노오토(天の音)라는 한자에 '마오'라고 읽거든요. 특이하죠? 다들 '아마네'라고 읽는다니까요."

가방에 든 마쓰키의 공책이 더욱 무거워졌다. 줄곧 '스가이 아마네'라고 읽는 줄 알았다.

어째서 마쓰키는 이 사람의 이름을 그렇게 몇 번이나 썼던 걸까. 자기 친구와 '사귀는' 여성의 이름을, 어째서 어린 '잇 짱'에게도 쓰게 했던 걸까?

공책 내용, 마오 씨와, 사고. 역시 이 일들은 전부 연결되어 있다. 가방 손잡이를 한참 움켜쥔 채로 기요세는 눈앞에서 가만히 미소 짓고 있는 상대에게서 시선을 돌렸다.

집중. 클로세트 안을 바삐 돌아다니며 머릿속으로 몇 번이고 그 말을 되풀이했다. 사생활에서 무슨 일이 있든, 일할 때는 그런 건 아무 상관이 없다. 플로어 전체를 신경 쓰면서 바빠도 손님이 '분주하다'고 느끼지 않도록 움직인다. 집중. 마쓰키도, 마오 씨 일도, 지금은 생각하지 않는다. 생각하지 않으려 할수록 숨이 갑갑했다. 떨쳐내려고 고개를 젓자 뒤통수가 묵직하게 아팠다. 주변 소리가 순간 아득해지더니 귓가에서 쇳소리가 났다.

"점장님."

주방 앞에서 아오키가 불렀다.

"안색이 너무 나쁜데요."

"그래?"

상태 안 좋은 거 아니에요? 그렇게 묻는 아오키의 말을 끝까지 듣지 못했다. 갑자기 치밀어 오른 구역질을 참으려고 입을 막고 화장실로 뛰어갔다.

변기에 토하면서 기요세는 울었다. 어째서 눈물이 나는지 스스로도 알지 못했다. 그저 토하는 게 힘들어서 눈물이 나는 것뿐일지도 모른다. 그렇다면 다행이다. 지금은 울고 있을 때가 아니니까.

전부 토해 내면 후련해질까. 고통 속에서도 조금 기대했지만 텅 빈 위는 더 심하게 울렁거리더니 그것도 모자라 목구멍 어디에 상처가 났는지 숨을 들이마시자 저릿하니 심한 통증이 치달았다.

계속 치밀어 오르는 눈물이 눈가에 맺혔다. 기요세는 그대로 변기를 닦기 시작했다. 머리가 어지러워서 좀처럼 일이 끝나지 않았다.

노크 소리가 들렸다.

"점장님."

시나가와 씨 목소리였다. 문을 열고 고개를 내밀자 기요세가 손에 든 솔을 보고 의아하다는 듯 한쪽 눈썹을 실룩거렸다.

"왜 청소를 하고 계세요?"

"아니, 조금 더럽혀서요. 그래서 청소하고 있었어요."

"네? 그런 건 말해 주면 제가 할 텐데!"

시나가와 씨가 높은 소리를 질러서 머리가 울렸다. 말해 주면? 당신은 지시받은 일도 태연히 내팽개치잖아, 항상. 그보다 그렇게 큰 소리 좀 내지 마.

"점장님, 왜 말씀이 없으세요? 안색도 엄청 나쁘고!

네? 괜찮으세요?"

시나가와 씨가 뭐라 말할 때마다 두통이 심해졌다. 이 사람은 정말 시끄럽네, 제발 잠자코 있어.

"토해서 더러워졌는데 어떻게 그냥 두란 말이야!"

고함을 지른 순간 뒤로 휘청거렸다. 아아, 위험해. 그렇게 생각했지만 바닥에 쓰러지기 직전에 시나가와 씨가 붙잡아 주었다. 그 상황을 이해한 직후에 기요세는 의식을 잃었다.

탈출하지 못하는 꿈을 자주 꾼다. 장소는 다양했다. 낯선 서양식 건물, 어두운 학교, 혹은 우메다 지하상가. 출구에 다다르지 못하고 같은 장소를 뱅글뱅글 맴돈다.

옛날에는 그와 비슷하게 하늘을 나는 꿈도 자주 꾸었다.

몇 년 전에 하늘을 나는 꿈은 억압된 성욕의 암시니 뭐니 하는 해석을 본 적이 있다. 그렇다면 탈출하지 못하는 꿈은 뭘까 조사해 봤더니 '건물에서 나가지 못하는 꿈은 현재 당신이 무언가 고민하고 있거나 망설이고 있음을 나타냅니다'라고 적힌 인터넷 기사를 발견했다. 읽어봤지만 "그렇겠지"라는 생각밖에 들지 않았고, 그 기사를 읽는 데 낭비한 몇십 초가 아까울 뿐이었다.

기요세가 꾸는 꿈은 유독 선명해서, 때로는 단편영화를 보는 것처럼 느껴질 때도 있다. 꿈을 꾸는 도중에 꿈이라는 것을 깨닫는데, 아무리 재미있거나 불쾌한 전개라도 결말을 보지 않고 깨기는 싫다. 어차피 꾼다면 끝까지 꾸고 싶고, 만약 잠에서 깰 것 같을 때는 억지로라도 계속 자려 한다.

지금도 꿈속에서 헤매고 있다.

지하철, 아마도 미도스지선 구내를 헤매고 있던 기요세의 팔을 누군가가 두드렸다. 힘은 약하지만 규칙적이고 집요하게 두드리고 있다. 아직 깨어나기 싫다. 탈출하는 순간을 확인한 다음에 깨고 싶다.

"점장님, 점장님." 상대가 불렀다. 어, 점장님? 무심코 눈을 뜨자 시나가와 씨와 눈이 마주쳤다. 시나가와 씨가 새빨간 눈으로 기요세의 팔을 두드리고 있었다.

"아, 다행이다. 살아 있었어."

"어, 죽은 사람처럼 보였단 말이에요?"

방금 화장실에서 있었던 일을 멍하니 떠올리며 되물

었다. 시나가와 씨는 진지한 얼굴로 "네" 하고 끄덕거렸다.

"방금 숨을 쉬지 않았어요. 죽은 줄 알았다고요! 아, 얼마나 놀랐는지."

휴게실 구석에 있는, 여기저기 스프링이 튀어나온 2인용 소파에 뉘어 있었다. 기요세의 다리는 소파에 이어 붙이듯 놓인 파이프 의자 위에 있었다.

"시나가와 씨가 여기로 옮겨줬어요?"

"아뇨, 아오키 씨가요."

문득 벽시계를 보고 15시 15분을 가리키는 시곗바늘에 깜짝 놀라 윗몸을 일으켰다. 뒤통수에 세게 맞은 것처럼 심한 통증이 치달았다.

"저, 지금까지 계속 자고 있었던 거죠?"

"예. 아오키 씨가 '눕혀두면 되지 않을까요'라고 해서 여기에 눕혔어요. 저는 14시까지 근무라 그 시각까지는 매장에 있었고요. 계속 점장님 곁에 붙어 있었던 건 아니에요."

"……그런가요."

분명 잠이 부족했다. 역시 큰 근심거리가 있으면 잠이 얕아지는 걸까. 저도 모르는 사이에 신경과 체력이 깎

여나가 약해진 걸지도 모른다. 스무 살 때는 한숨도 안 자고도 멀쩡하게 돌아다닐 수 있었다. 수면시간 평균 세 시간으로 며칠을 보낸 적도 있지만 이런 식으로 쓰러진 적은 없었다. 지금까지는 괜찮았던 일이 더 이상 괜찮지 않게 된다. 그것이 30대로 다가가는 현실일까? 아연한 마음으로 눈을 비비고 나니 시나가와 씨가 굳이 '14시까지 근무'라고 한 말이 떠올랐다.

"어, 그럼 14시부터 지금까지 줄곧 여기서 지켜봤던 거예요, 혹시?"

"네. 아오키 씨가 돌아가기 전에 점장님 상태 좀 살펴보라고 해서."

아오키의 '살펴보라'는 말은 상태를 살짝 확인하라는 뜻이지, 기요세가 눈을 뜰 때까지 계속 곁에 붙어 있으라는 지시는 아니었을 것이다.

"저기, 뭐 좀 마시겠어요? 아니면 병원에 가실래요?"

저것도 아오키에게 지시를 받은 것일까? 시나가와 씨는 진지한 눈빛으로 기요세를 바라보며 대답을 기다리고 있다. 평소 같으면 번거로울 시나가와 씨의 태도가 오늘은 어째선지 고귀하고 가치 있게 느껴져서 기요세는 천천히 눈을 껌벅거렸다.

이 사람은 분명 자기처럼 해야 할 말을 꾹꾹 삼킨 끝에 갑자기 폭발하는 일은 없으리라. 누구처럼 얼굴을 가리고 몰래 웃거나, "이런 때도 식욕이 있다니 대단하네요"처럼 절묘하게 불쾌한 태도로 빈정거리지도 않을 게 틀림없다. 실수투성이지만 올곧다. 나처럼 항상 잔소리나 해대는 점장을 이렇게나 걱정해 준다.

"시나가와 씨는 어째서 그렇게 행동할 수 있죠?"

"네? 무슨 뜻인지 모르겠는데요."

시나가와 씨는 정말 무슨 뜻인지 몰라서 당황스러운 것 같았다. 불안한 기색으로 몇 번이나 마스크를 매만지면서 머리카락을 귀 뒤로 넘겼다.

어째서 그렇게 바르게 살 수 있나요? 사실은 그렇게 묻고 싶다. 하지만 '바르다'는 표현이 이 경우 적절한 어휘인지 모르겠다. 그래서 이렇게 두루뭉술하게 묻게 되었다. 질문을 바꿔볼까 하고 입을 연 기요세보다 먼저 시나가와 씨가 말했다.

"혹시 사장님에게 무슨 말씀이라도 들으셨어요?"

"네?"

시나가와 씨는 잠시 망설이듯 고개를 숙였다가 "저, 그거예요"라고 작은 목소리로 말했다.

"그거라니요?"

"저, 실은 ADHD예요."

"사장님께는 아무 말도 못 들었어요. 하지만 그게, 시나가와 씨에게는 그, 뭔가, 그런 장애가 있다는 뜻인가요?"

"어……. 정리를 잘 못하는 거나 시간을 지키지 못하는 거나, 정말 죄송해요. 어른이 된 후에 병원에 가보고야 알아서. 아, 발달장애니까 어쩔 수 없으니 이해하고 받아들여 달라고 부탁하는 게 아니에요. 폐를 끼치고 있다는 것도 알고, 다 반성하고 있어요, 정말이에요."

그냥 성격상의 결점인 줄 알았던 행동이 전부 시나가와 씨의 특성에 기인한다는 말일까? 뭐라고 해야 할지 몰라 조심스레 시나가와 씨의 안색을 살폈다. 사장은 기요세에게 아무것도 알려주지 않았다.

"저, 죄송해요. 가까운 사람 중에 그런 분이 없어서, 지식이 없는데, 어, 미안해요. 어, 그러니까, 어째서 지금까지 알려주지 않았어요? 알았더라면 저도."

"······알았더라면, 뭔가요?"

시나가와 씨의 강한 시선과 부딪쳤다. 예상하지 못한 일이다.

시나가와 씨가 순간 얼굴을 잔뜩 찌푸렸다. 울음을 터뜨리기 직전의 어린아이처럼 보였다.

"알았더라면 어쩔 수 없네, 정상이 아니네, 하고 뭐든 너그럽게 봐주려고요? 꼭 있어요. 발달장애라는 말을 듣자마자 허둥거리며 배려해 주겠다느니, 이해한다느니 말하는 사람들. 인터넷 기사를 보고 그 내용을 곧이곧대로 믿죠. 매일 같은 습관을 반복하고, 그게 어그러지면 당황한다던데 진짜야? 사진을 찍듯이 풍경을 순식간에 기억할 수 있다던데 진짜야? 아니에요. 완전히 틀렸어요. 저는 그런 사람들과 달라요. 설령 진단명이 같은 장애라 해도 어려움을 겪는 문제도, 할 수 있는 일도, 하지 못하는 일도, 저마다 다 달라요."

"시나가와 씨, 진정해요, 저기."

"하지만 점장님 같은 사람들은 그 사실을 알면 상대를 그저 '장애인'이라는 카테고리로만 보죠. 더는 저라는 개인을 보려 하지 않아요. 그게 싫어서 잠자코 있었어요.

숨겼어요. 사장님께도 부탁해서 비밀을 지켜준다는 약
속을 받고 일하게 됐어요. 그렇잖아요, 말하면 전부 끝
장이니까. 취직도 불가능했어요, 일방적으로 '어차피 못
하잖아'라고 단정 짓고 아무 일도 시키지 않아요. 지금까
지 항상 그랬어요. 닥치는 대로 면접을 보고 겨우 붙은
게 여기였어요, 그런데."

시나가와 씨의 목소리는 점점 커지다가 종국에는 마
치 비명처럼 변했다. 비명은 칼날처럼 날카로워서, 기요
세의 피부에 무수한 상처를 입혔다. 그렇다. 시나가와 씨
말이 맞았다. 실제로 시나가와 씨를 지금까지와 같은 눈
으로 볼 수가 없다. 이 사람을 상대로 무엇을 어디까지,
어떻게 말하면 좋을지 갑자기 알 수 없게 되었다.

시나가와 씨는 한동안 눈가를 붉힌 채로 어깨를 들
썩이다가 갑자기 토트백을 움켜쥐고 뛰쳐나갔다. 한마
디 인사도 없이. 기요세는 고요한 휴게실에 혼자 남겨졌
다. 나는 최악이다. 그런 마음만 기요세의 내면에서 점점
부풀어갔다.

기요세, 많이 바빠? 클로셰트는 지금 휴업 중

이야? 아니면 테이크아웃 전문으로 영업하고 있을까? 가게 블로그가 1월부터 멈춰 있어서 확인을 못했어.

나는 변함없어. 오래된 회사라 재택근무라니 그게 뭔가요, 그런 분위기로 평소와 다름없이 모두 출근해.

오늘 외근을 나갔다가 시바견 두 마리를 데리고 가는 할아버지를 보았어. 기요세가 전에 "오늘은 퍼그 아저씨를 만났으니 운 좋은 날"이라고 했던 게 떠올랐어. 불안한 매일 속에서 문득문득 기요세가 했던 말이나 표정, 행동을 매일 떠올려. 그러면 그 순간만큼은 어렴풋한 불안이 잦아드는 것만 같아.

다음에 또 퍼그 아저씨를 만난다면, 그때라도 괜찮으니 답장을 보내줘. 기요세의 내일이 좋은 날이 되기를.

봄에 마쓰키가 보낸 메시지였다. 퍼그 아저씨란 기요세가 사는 아파트 근처 어딘가에 사는, 검은 퍼그를 네 마리 데리고 다니는 아저씨다. 일찍 출근하는 날 역 근처를 산책하는 모습을 몇 번 보았다. 애견업자일지도 모른다.

색도 크기도 똑 닮은 퍼그 네 마리가 나란히 걸어가는 모습은 장관이라, 마주칠 때마다 뭔가 굉장한 걸 본 기분이 든다. 일찍 출근하는 날이라고 항상 퍼그 아저씨를 볼 수 있는 것은 아니다. 몇 분, 몇 초 차이에 크게 좌우된다. 그러다 보니 오기로라도 보고 싶고, 우연히 마주친 날은 좋은 일이 생길 것만 같다.

기요세는 마쓰키가 보낸 이 메시지를 똑똑히 기억하고 있었다. 평소 보내오는 내용과는 상당히 달랐기 때문이다. 마쓰키가 보내는 메시지는 기본적으로 짧다. 이렇게 '그답지 않은' 긴 메시지를 보낼 만큼 바이러스 때문에 예민해졌나 걱정되어 "엇, 왜 그래, 무슨 일이야?"라고 답장을 보냈지만 회신은 오지 않았다.

어젯밤 기요세는 이 글과 똑같은 문장을 마쓰키의 공책에서 발견했다. 구석에 휘갈겨 쓴 글이었다. 공책에는 '그때라도 괜찮으니 답장을 보내줘'라는 말 앞에 '어쨌거나'라는 말이 붙어 있었고 그 '어쨌거나'는 두 줄로 그어져 있었다. 메시지를 보내기 전에 미리 연습 삼아 써본 것일까?

지금까지 항상 그래 왔던 걸까? 메시지를 보내기 전에 일일이 문장을 써보는 남자. 기요세가 아는 마쓰키와는 너무 이미지가 동떨어져서 또다시 불안해졌다.

시나가와 씨 이야기는 기요세에게 큰 충격을 주었다. 지금까지 다른 직원에게는 통했던 일들이 어째서 시나가와 씨에게만 통하지 않는지 화가 났고, 인격 문제라고 단정 짓고 있었다.

어쩌면 본인이 스스로 생각하는 것보다 더 편견으로 가득 찬 사람일지도 모른다는 생각이 들기 시작했다. 이래서야 기요세가 모르는, 모를지도 모르는 마쓰키를 도저히 따라잡을 수 없다.

마쓰키에 대해 알고 싶었고, 아는 사람과 의논하고 싶었다. 그리고 그 상대는 지금 이와이 씨밖에 없었다. 전화를 하려다가 손길을 멈추었다. 마오 씨는 이와이 씨 집에 산다고 했다. 그 사람이 알게 되는 게 싫다. 어떻게든 그 사람 모르게 이와이 씨에게서 이야기를 듣고 싶다. 한참 궁리하다가 이와이 씨가 알려준 휴대전화 번호가 아니라 가게로 전화를 걸었다.

"안녕하세요, 이와이 도시락입니다."

사정을 모르면 그냥 활기찬 목소리로 들렸으리라. 하지만 기요세에게는 필사적으로 불안과 피로를 몰아내고 쥐어짜 낸 목소리임을 알 수 있었다. 그녀도 같은 상태이기에.

궁금한 게 있어서요, 하고 기요세가 말하자 전화 너머에서 이와이 씨가 잠시 침묵했다. 무언가를 기름으로 튀기는 소리가 들려왔다.

"병원 옆에 있는 패밀리 레스토랑, 거기 알죠? 거기서 봐요."

이와이 씨는 시간을 말하고 전화를 끊으려 했다. 황급히 "마오 씨한테는 말씀하지 마세요. 혼자 와주세요"라고 부탁했다. 또다시 짧은 침묵이 이어졌다.

"알았어요. 적당히 둘러대고 혼자 갈게요."

이유를 묻지 않고 응해 준 게 고마웠다. 전화로는 설명할 자신이 없었다.

"있다가 뵐게요."

이와이 씨는 약속한 시각보다 몇 분 늦게 도착했다. 병원에 갈아입을 옷을 전달하고 오는 길인지 종이봉투를 들고 있었다. 리필 가능한 음료를 주문하고 다시 마주 앉았지만 이와이 씨는 입을 열지 않았다. 기요세가 무슨 말을 할지 신중하게 살피는 눈치였다.

"마쓰키를 점점 더 알 수가 없어서요."

"아아, 그래요."

이와이 씨가 천천히 끄덕거렸다.

"부모님과 사이가 나쁘다는 건 알고 계셨나요?"

아마 이와이 씨는 바쁠 것이다. 나도 시간이 많지는 않다. 단도직입적으로 말을 꺼냈다. 이와이 씨는 "어렴풋이는"이라고 중얼거리며 고개를 숙였다. 학교 행사에서 마쓰키의 부모를 만날 기회가 몇 번 있었는데 그때 '어렴풋이' 그렇게 느꼈다. 그리고 가족에 대해 물어볼 때 마쓰키의 반응으로 '어렴풋이' 그렇게 생각한 적도 있다. 그 정도라고 했다.

"학대나 그런 건 아니라고 생각했고, 그 이상의 사정은 못 들었어요, 미안해요."

"그럼 '잇 짱'이라는 아이에 대해 마쓰키가 전에 얘기한 적은 있나요? 아마 초등학생이나, 더 어린아이인 것 같은데."

마쓰키는 '잇 짱'이라는 아이에게 글을 가르치고 있었다. 한자를 가르치느라 상당히 고생한 것 같았다. 예를 들어 '밝을 명(明)'이라는 글자 밑에는 해와 달 그림이 있었다. '획이 꺾이는 부분이나 멈추는 부분에 너무 얽매이지 말고 전체적인 형태를 외울 수 있는 방법을 찾자'라는 메모도 있었다. 중간까지 읽어본 바에 의하면 오로지 상대에게 어떻게 하면 즐겁게 글자 공부를 시킬 수 있는지 아이디어가 줄줄이 적혀 있는가 하면, '조급히 굴면 안 된다'라는 말이 반복적으로 적혀 있기도 했다. 마치 스스로를 타이르는 것처럼.

방금 전 기요세와 이와이 씨의 주문을 받은 점원이 테이블 옆을 지나갔다. 저녁 식사에는 이르지만 점심 식사를 하기에는 늦은, 어중간한 시각의 패밀리 레스토랑 테이블은 4할 정도가 차 있었다. 몇 팀은 병원에서 나와 그대로 들어온 손님인지, 대각선 앞쪽 테이블에 하얀 약봉지가 놓여 있었다.

"아이?"

"전혀 모르겠어요. 공부를 가르쳤던 것 같은데, 이웃 아이하고 어울리는 타입 같지도 않고. 저, 아마 마오 씨하고도 상관있는 아이가 아닐까 싶은데. 어떻게 생각하세요?"

"……마쓰키가 이쓰키를 '잇 짱'이라고 불러요."

아. 그런 외마디를 끝으로 아무 말도 할 수 없었다. '잇 짱'이 이와이 이쓰키 씨? 그럴 리 없다. 내가 말하는 '잇 짱'은 어린아이니까.

"하지만 저기, 이거."

마쓰키의 공책과는 다른, 받아쓰기 공책을 내밀었다. 이와이 씨는 그 공책을 펼쳐 들고 "우리 아들 글씨네"라고 단정했다. 기요세는 또다시 아무 말도 할 수 없었다. 잇 짱. 이와이, 이쓰키 씨. 흔한 애칭인데 어째서 그 가능성을 떠올리지 못했을까? 글자를 쓸 줄 모른다면, 그건 당연히 어린아이일 거라는 편견 때문일까?

"그럼 마쓰키가 이쓰키 씨와 글자 공부를 했다는 뜻인가요?"

마쓰키의 공책에는 '어머니에게 들키기 싫으니 공책도 책도 마쓰키의 집에 두고 싶다고 했다'는 기록이 있었다. 그런 이야기까지 하지 않길 잘했다.

"그렇겠죠. 이쓰키는, 그 애는 어렸을 때부터 글씨가

엉망이라."

목을 움츠리며 이와이 씨가 머그잔에 입을 댔다. 옅은 연둣빛 액체의 정체가 뭔지 기요세는 모르겠다. 이곳 음료 코너에 저런 음료수가 있었나? 멍하니 그런 생각을 할 뿐이었다.

"지렁이 같은 글씨밖에 못 쓴다니까. 학부모 참여 수업 때는 벽에 붙은 서예 연습지를 보는 게 부끄러웠어요. 마쓰키를 본받으라고 늘 타일렀는데."

"그러셨군요."

마쓰키의 공책, 그리고 받아쓰기 공책에 연습한 글자로 볼 때 '악필'이라기보다 조금 더 심각한 문제일 것 같았다. 그런 것도 '장애'가 될까? 정식으로 뭐라고 하는지, 외래어 명칭이 있었던 것 같다. 기요세는 딱히 그런 정보에 밝지 않지만 생각해 보면 초등학교 때 같은 반에 그런 아이가 있었다. 수업 중에 교과서를 읽지 못했던 그 아이. 칠판에 글씨를 쓰면 "그게 글자냐?"라고 모두에게 놀림을 받고 울던 아이. 최근에 조금씩 다양한 명칭의 '장애'가 인정받고 있지만 당시에는 그저 '모자란 아이'로 주위에서 따돌림을 당했다.

이제는 이름도 기억나지 않는데 그 아이의 실내화가 뚝뚝 떨어진 눈물로 젖어 있던 광경만은 생각이 난다. 함께 놀리지는 않았지만 다른 아이들을 말리려고도 하지 않았던 자신의 태도도, 날카로운 통증과 함께 되살아났다. 지금 이 순간까지 그녀의 존재조차 잊고 있었다는 사실도 커다란 죄처럼 느껴졌다. '무지'라는 죄.

"왜, 한자 필기 숙제 있죠? 이쓰키는 그런 걸 안 했어요. 하려고 해도 한 쪽을 쓰는 데 세 시간이나 걸렸거든. 집중력도 없다니까. 하지만 머리 나쁜 건 부모 유전이니."

"그, 그런 뜻은."

"괜찮아요. 노력이 중요하다고 해도 적성에 맞지 않는 일은 아무리 노력해 봤자 한계라는 게 있잖아요?"

학원에 보낼 돈도 없었고, 뭐, 공부는 못해도 살아갈 방법은 얼마든지 있으니까요. 그런 이와이 씨의 주장이 틀렸다고 할 수는 없으리라. 적어도 이와이 씨 입장에서는. 빠르게 몇 번이나 '한계', '적성에 맞지 않는다'는 말을 되풀이했다.

이와이 씨는 '나는 잘못이 없어'라고 말하고 싶은 눈치였지만 동시에 '내 잘못이야'라는 죄책감을 품고 있는 것처럼 보였다. 도시락 가게를 혼자 꾸렸던 이와이 씨는 이쓰키 씨의 공부를 봐줄 만한 시간적 여유도, 공부나 서예를 가르쳐주는 학원에 보낼 경제적 여유도 없었던 게 분명했다.

"하지만 우리 애, 사실은 글씨를 잘 써보고 싶다는 마음이 있었던 거군요, 항상."

이와이 씨가 받아쓰기 공책에 시선을 떨어뜨렸다. 목소리가 떨렸다. 울음을 터뜨리는 게 아닌가 숨을 죽이고 살폈지만 이와이 씨는 그저 살며시 헛기침을 하고 공책을 덮었다.

"마쓰키의 공책에도, 이쓰키 씨의 공책에도, 편지 초안 같은 글이 가득했어요. 마쓰키가 마오 씨에게 편지를 쓰려는 이쓰키 씨를 돕고 있었다는 뜻일까요?"

그렇다면 어째서 두 사람은 서로 주먹질을 하다가 육교에서 떨어졌을까?

"마오에게 편지에 대해 물어볼까요?"

"아니, 글쎄요, 그건……."

"그것도 안 돼요? 애초에 어째서 지금 말하는 것도 마오한테 숨겨야 하죠?"

이와이 씨가 기요세를 뚫어져라 쳐다보았다. 그게……. 머뭇거리고 있자 숨소리가 들렸다.

"혹시 당신, 그 애를 싫어하나요?"

머그잔을 후후 부는 이와이 씨에게 뭐라고 대답하면 좋을지 모르겠다. 함께 사는 아들의 연인을 나쁘게 말하면 누구나 기분이 좋지는 않겠지.

절대 싫은 건 아니다. 어쩐지 믿을 수 없다는 생각이 들 뿐이다. 하지만 그런 감정을 이와이 씨를 불쾌하게 하지 않고 제대로 설명할 자신이 없다. 고민하는 기요세에게 이와이 씨는 "그 마음을 모르는 건 아니지만"이라고 숨을 토했다. 예상치 못한 말에 대답할 타이밍을 놓쳤다.

"마오는 뭐랄까, 숨기는 게 있어요. 무슨 속셈인지는 모르겠지만. 어쨌거나 잘 이해가 안 가는 부분이 있어. 무슨 생각을 하는지, 무슨 마음으로 이쓰키하고 사귀는지. 이야기를 해봐도 '지금 한 말은 진심이 아니네' 하고 생각할 때가 꽤 많아요. 본인이 아무리 숨겨도 보이잖아요. 그런 건."

하지만, 하고 이와이 씨는 숨을 토하며 말했다.

"갈 곳 없는 아이라 쫓아낼 수가 없어. 모른 척할 수가 없어요. 나도 고생깨나 해봤으니까."

갈 곳 없는 아이. 마오 씨는 대체 무슨 사정으로 이와이 씨 댁에서 사는 걸까?

내일이 좋은 날이 되기를. 공책에 적혀 있던 말이 희미하게 빛나는 것처럼 보여, 그 글자를 손끝으로 가만히 어루만졌다. 두 사람이 눈을 뜨면, 기요세가 그렇게 말하자 이와이 씨가 화들짝 고개를 들었다.

"두 사람은 반드시 깨어날 테니까."

조금 생각한 뒤에 말을 바꾸었다. 말로 하니까 정말 그렇게 될 것 같았다. 그렇게 되길 바랐다.

"나머지는 본인들에게 물어보기로 해요."

"……당신은, 젊군요."

이와이 씨가 중얼거리더니 천천히 눈을 끔뻑거렸다. 단순히 나이 얘기는 아닌 것 같아 기요세는 잠자코 상대의 다음 말을 기다렸다.

"여러 일들을 겪다 보면 뭔가 새로 나쁜 일이 생길 때마다 일부러 최악의 사태를 상정하고 행동하게 되거든. 가족이 병에 걸린다거나 죽는다거나. 사고나 빚, 수많은 문제들."

이와이 씨가 어떤 고난을 헤쳐왔는지는 모른다. 기요세는 테이블 위에 있는 이와이 씨의 두 손에 시선을 떨어뜨렸다. 여기저기 화상 흉터가 있는 커다란 손. 손끝은 하얗게 텄다.

이와이 씨가 상정하는 '최악의 사태'란 어떤 것일까? 이쓰키 씨나 마쓰키가 평생 눈을 뜨지 않을 가능성. 혹은 이대로 숨을 거둘 가능성. 생각만 해도 고통스러워 머릿속에서 떨쳐내듯 세차게 고개를 저었다.

이와이 씨에게는 '말로 하면 현실이 된다'는 건 환상일지도 모른다. 세상은 그렇게 우습지 않다고 꾸짖을지도 모른다. 그래도 기요세는 소리 내어 말했다. 고생해본 적 없는 사람에게도 고집이 있고, 결의가 있다.

"반드시 눈을 뜰 거예요. 두 사람 다."

확인하듯 다시 한번 말했다. 두 사람은 반드시 눈을 떠야만 하고, 나는 마쓰키에게 사과해야만 한다. 멋대로 공책을 본 것도, 지금까지 있었던 일도.

눈부신 무언가라도 보는 것처럼 기요세를 바라보는 이와이 씨의 눈이 가늘어졌다.

Chapter 5

2월 15일의 마쓰키 게이타

2020
February
15
Sat.

잇 짱은 글자의 균형을 맞추는 게 무척 어려운 기색
이다. 어디까지 선을 긋고 멈추는지, 판단하기 어려운
것이다. 하지만 전에는 항상 칸에서 벗어났는데 요즘은
그럭저럭 칸에는 맞추게 되었다.

거기까지 쓰다가 펜을 멈추고 마쓰키는 잇 짱을 바
라보았다. 잇 짱이 쓰는 '야(や)'라는 글자는 '쓰(つ)'에 이
쑤시개를 두 개 꽂은 모양이다. 아무리 노력해도 '야(や)'

로 보이지 않았다.

"'야'가 어려워?"

"응."

잇짱이 입술을 비죽거리며 팔짱을 꼈다. 그대로 고개를 숙이고 말았다. 낙담한 걸까? 부족한 실력에 낙담하고 있을 새는 없다는 말이 떠올랐다. 하지만 말로 하지는 않았다. 부모에게 입버릇처럼 들어서 질색인 말을 친구에게 똑같이 하려 했다는 사실에 소름이 끼쳤다. 잇짱이 불쑥 고개를 들었다.

"배 안 고파?"

강렬한 안도와 허기를 동시에 느꼈다. 아침 10시부터 글자 공부를 시작해 벌써 12시가 넘었다.

"배고파."

"일단 뭐 좀 먹자."

"그러자."

싱크대 밑에 다섯 개 묶음 라면이 마침 두 봉지 남아 있어 그걸 먹기로 했다.

잇짱이 냉장고를 열어 양배추와 당근을 꺼냈다. 채소를 씻는 잇짱 옆에서 마쓰키는 오목한 프라이팬을 준

비했다.

　남자 둘이 움직이기에는 주방이 너무 좁았지만 여기서 둘이서 요리를 하는 게 오늘이 처음은 아니다. 동선은 둘 다 익숙했다. 마쓰키가 달걀을 꺼내려고 냉장고 문을 붙잡자 잇 짱이 바로 몇 걸음 뒤로 물러났다.

　마쓰키에게 요리를 가르쳐준 사람은 잇 짱의 어머니였다. 초등학교 요리 실습 때 "너희, 같은 조에 잘하는 애가 있다고 손 놓고 있으면 절대 안 돼"라고 하더니 요리 노하우를 철저하게 가르쳤다.

　노른자가 깨끗한 황금색 반숙 달걀을 삶는 방법, 삶은 감자를 포크로 으깨는 방법, 채소 조림은 일단 모르겠으면 유부 튀김이나 베이컨을 더하면 맛있어진다 등등, 전부 잇 짱네 집 2층에서 배웠다.

　배운 요리를 집에서 그대로 해보려고 하면 어머니는 항상 못 하게 했다. 어째서 하면 안 되는지 물어도 가르쳐주지 않았다. 아버지는 "부엌은 여자들 성역이니 들어가면 안 돼"라고 했다. 어머니가 직접 그렇게 말했다면 이해했겠지만, 아무 상관 없는 아버지가 그리 말하니 마쓰키는 혼란스럽기만 했다.

나쁜 부모는 아니었다. 서예 수업, 그리고 예절 교육은 엄격했지만 그 엄격함도 도를 넘은 것은 아니었다. 부모, 그리고 함께 살았던 할아버지까지 깔끔한 성격이었던 탓에 과자를 먹고 있으면 항상 옆에서 누군가가 청소기를 한 손에 들고 기다렸고, 좋아하는 장난감을 멋대로 내다 버린 적도 있었지만 더 가혹한 상황에서 자란 사람도 많다. 나 같은 게 불평해서는 안 된다.

의식주도 부족함 없이 자랐고, 장난감이나 게임은 마음껏 쥐어보지는 못했지만 생일이나 크리스마스, 그 밖의 기회에 선물로 받았다. 즐거운 기억도 나름대로 있다. 하지만 부모를 좋아하느냐고 묻는다면, 말문이 막힌다.

자신이 그들이 바라는 아들이 아니었다는 사실만큼은 뼈저리게 알고 있다. 걸핏하면 "난폭한 녀석, 앞날이 걱정이라니까" 하고 눈썹을 찌푸렸다.

초등학교, 중학교 남학생의 세계는 우습게 보이면 무조건 끝이라, 누가 시비를 걸면 두 배로 갚아줘야 했다. 마쓰키는 그렇게 살아남았다. 설마 항상 맞고 우는 아들이 좋았단 말인가? 마쓰키는 이해할 수 없었다.

너는 나중에 분명 끔찍한 일을 저지를 거야. 떨리는

목소리로 그렇게 말한 어머니의 말을 떠올렸다. 그 목소리를 뒤덮듯 울려 퍼지던 날카로운 울음소리도.

그 사람들하고 안 만난 지……. 거기까지 생각하다가 마쓰키는 프라이팬 온도를 확인했다. "냉장고에 고기 있어"라고 가르쳐주자 잇 짱은 익숙한 솜씨로 냉동 삼겹살을 꺼내 뚝뚝 꺾었다. 얇은 삼겹살은 겹치지 않도록 펼쳐서 얼려놓으면 필요한 만큼 부러뜨려서 쓸 수 있어서 편리하다는 사실을 잇 짱의 어머니에게 배운 뒤로 항상 그렇게 보관한다.

비계가 녹는 달착지근한 냄새가 나자 채소를 넣었다. 치이익 소리를 들으며 그 사람들하고 안 만난 지, 그다음을 생각한다. 후련하다고 할 정도로 떨쳐내지는 못했다. 다만 집을 나와 혼자 사는 아파트에서 처음 눈을 뜬 아침, 사이즈가 맞지 않는 신발을 벗어 던진 듯한 해방감을 느꼈다.

잇 짱이나 기요세가 가족 이야기를 할 때면 이따금 마음 안쪽이 희미하게 아려온다. 어떨 때는 슈퍼마켓이나 패밀리 레스토랑에서 가족 손님만 봐도 아릴 때가 있다. 그렇지만 손톱 끝에 살짝 긁힌 듯한 아픔이다. 고뇌

에 표정을 일그러뜨릴 정도도, 울면서 도움을 청할 정도
도 아니다. 스스로의 힘으로 견딜 수 있을 만한 아픔. 진
통제는 필요 없다.

그나저나 아까 일은 충격이 컸다. 부모님 같은 어른
이 되지 않겠다고 결심했는데, 어느새 그들의 언동을 답
습하고 있었다니. 이렇게 끔찍한 일이 또 있을까?

볶은 고기, 채소와 함께 끓인 라면을 두 개의 그릇
에 나누어 담았다. 전에 기요세에게도 같은 요리를 만들
어준 적이 있다. "채소가 잔뜩 들어 있으니 이렇게 늦은
시간에 라면을 먹는다는 죄책감이 가벼워지네"라며 기
쁜 듯 면을 후루룩 삼키던 모습을 떠올리며 저도 모르게
실실 웃고 있었던 모양이다. 잇 짱이 못 볼 장면이라도
본 것처럼 몸을 젖혔다.

"왜 라면을 보면서 웃어? 그렇게 배가 고팠어?"

"아니, 그냥."

기요세의 죄책감에 대한 이야기를 듣고 잇 짱이 "여
자들은 꼭 그런 거 신경 쓰더라" 하고 웃었다.

"남자도 신경 쓰는 사람은 써. 살찐다거나, 몸에 해
롭다거나."

"뭐, 그럴지도 모르지만. 그 애 한번 만나보고 싶네."

면을 후루룩 삼키며 잇 짱이 중얼거렸다.

"기요세는 잇 짱하고 잘 맞을 거야."

"그래? 왜?"

"먹는 것에 대한 집착이랄까. 왜, 음식 자체에 대한 집착이 아니라 아무리 피곤하거나 우울해도 끼니는 절대 거르지 않는다! 기요세한테는 그런 신조가 있거든. 뭔가 살아가는 힘이 강하다고 할까."

"터프한 여자네."

"맞아, 터프해. 그런 점이 좋아."

"지켜주고 싶은 스타일은 아니구나."

"응…… 그래. 그런 식으로 생각해 본 적은 없네."

기요세뿐만 아니라 모든 여자들에 대해 '지켜주고 싶다'고 생각한 적이 없다. 사바나나 아마존에서 수렵 생활을 하는 것도 아니니 지켜줄 기회도 거의 없다.

아니, 단순히 내가 모를 뿐이지 현대 일본에서 사는 여성은 매일 수많은 위험에 노출되어 있을지도 모른다. 왜냐하면 기요세가 가끔 "남자는 몰라"라는 말을 하니까. 가까워진 날에도 그런 말을 들었다.

구해 준 여자에게 "당신은 모르지 않느냐"는 말을 들은 놀라움과 민망함과 미안함. 떠올리기는 싫지만 지금도 선명하게 떠오른다.

죄송합니다, 하고 사과하면서 마음 깊은 곳에서는 반발하고 있었다. 내가 나쁜 짓을 한 것도 아닌데, 어째서 남자라는 사실만으로 그런 힐난을 들어야 하지? 모든 남자가 가해자이고, 여자는 언제나 피해자라고 말하고 싶은 건가?

한참 지나고 나서야 그때 느낀 감정이 강렬한 수치였다는 사실을 알았다. 기요세에게 자신을 부정당한 것만 같아서, 가만히 참고 있을 수 없어서 반발했다. 모든 남자가 그렇지는 않다, 적어도 나는 다르다, 똑같이 취급하지 말아달라. 그런 자기변호로 가득해서 눈앞의 상대가 느끼는 분노를 보듬어줄 여유가 없었다.

사리라는 이름의 사촌 여동생이 있었다. 마쓰키보다 한 살 어린, 작은고모의 외동딸이었다. 몸이 약했는지 목이 부었네, 열이 나네, 배가 아프네, 그런 이유로 자주 학교에 가지 않았다. 고모는 일을 쉴 수 없다는 이유로 항상 사리를 마쓰키의 집에 맡겼다.

사리의 존재를 떠올려서 그런지, 입에 넣은 면이 맛을 잃고 그저 물렁한 물체가 되었다.

사리는 편식이 심해 빵과 감자, 달콤한 과자를 빼면 거의 먹을 수 있는 음식이 없었다. 어머니는 항상 "귀여운 여동생이라고 생각하고 잘 돌봐줘"라고 마쓰키를 타일렀다. 과자를 주면 항상 "오빠 게 더 많아"라고 트집을 잡았고, 똑같다고 가르쳐주면 짜증을 부리며 마쓰키의 과자가 든 접시를 바닥에 내팽개치던 사리. 게임에 지면 마쓰키를 컨트롤러로 때리던 사리. 어른들이 보지 않을 때만 그런 짓을 하니까 한층 고약했다.

이런 일이 있었다, 저런 일이 있었다, 부모와 할아버지에게 호소해도 좀처럼 믿어주지 않았다. "사리는 여자애잖아." 그것이 이유였다. "여자애가 그런 짓을 할 리가 없어." 그들은 그렇게 믿었다.

할아버지가 "게이타가 이렇게 말하는데 정말이냐?" 하고 사리에게 확인한 적도 있었지만 사리는 그 말이 끝나기도 전에 펑펑 울음을 터뜨려 결국 흐지부지되었다. 울고 또 울어서 이튿날에는 고열도 앓았다.

딱 한 번 사리를 때린 적이 있다. 종이상자로 만든

총을 망가뜨려서 도저히 참을 수가 없었다. 마쓰키에게 따귀를 맞은 사리는 바닥에 쓰러져 대성통곡했다. 서예 수업을 하던 어머니가 그 소리를 듣고 냉큼 달려왔다. 어머니는 마쓰키의 설명도 제대로 듣지 않고 몰아세웠다.

"너는 나중에 분명 끔찍한 일을 저지를 거야."

사리는 더욱 요란하게 울어 젖혔지만 눈물은 한 방울도 흐르지 않았다. 어째서 집안 어른들이 그 거짓 울음을 못 알아보는지 너무 이상했다.

"게이타의 저 눈빛을 못 견디겠어요."

한밤중에 아버지에게 그렇게 호소하는 어머니의 목소리를 들은 적이 있다. 어머니는 항상 아들이 자기를 노려본다고 했지만 마쓰키에게는 그런 의도가 없었다.

무언가를 호소하고 싶을 때, 눈매가 남을 노려보는 것처럼 매서워지는 건지도 모르겠다. 조금 자라고 나서 그렇게 생각하게 되었다. 거울을 보며 눈매가 조금 올라간 게 문제인가 고민도 해보고, 어떻게 하면 다정한 눈매가 되는지 연구하기도 했다.

사리는 스무 살 때 임신해서 그대로 상대와 결혼해 전업주부가 되었다. 지금은 교토에서 산다는 모양이다.

할아버지 집에서 나온 뒤로 한 번도 만나지 않았고, 앞으로도 두 번 다시 만나고 싶지 않다.

"마쓰키가 그런 여자를 좋아할 수 있는 건 자기긍정이라고 하나, 그런 정신력이 있다는 뜻 아닐까?"

'그런 여자'라는 표현에 세차게 고개를 저을 뻔했다. 아니야, 나는 사리가 끔찍하게 싫단 말이야. 그리고 한 박자 늦게 이해했다. 아아, 기요세를 말하는 건가.

"마쓰키는 독립적이라고 하나, 강한 여자를 좋아하잖아. 나는 달라. 아무래도 누군가에게 도움이 되어서 존재를 인정받고 싶거든. 누가 날 의지하거나 고마워하면 좋겠어. 거창하게 들릴지도 모르지만, 나도 살아도 된다는 생각이 들거든."

"살아도 된다니 무슨 뜻이야? 당연히 누구든 살아도 되지."

"그건 마쓰키 너니까 그렇게 생각하는 거야."

그런 걸까? 뭐라 말해야 할지 몰라 완벽하게 볶은 양배추를 우물거리는 데 집중하는 척했다.

자기긍정. 만약 내게 그런 게 있다면 한 가지 확실한 점은 부모에게 물려받은 건 아니라는 사실이다. 어머니에게 아무리 부정당해도 마쓰키가 스스로를 부정한 적은 한 번도 없었다.

"요전에 말이야."

식사를 마치고 그릇을 씻는 마쓰키 옆에 잇 짱이 나란히 섰다. 오른손으로 왼손을 비비는 시늉을 하는 게, 보기에도 안절부절못하는 눈치다.

"응."

"마오 씨한테 식사라도 하지 않겠냐고 물어봤어. 전에 편지를 준 뒤에 큰마음 먹고. 그랬더니 좋다는 거야."

"아아, 그래? 다행이네."

언제까지고 편지만 주고받을 수는 없겠지. 잇 짱은 "나는 지금 이대로도 좋아"라고 말하지만 서로 호의를 품은 두 사람이 더 가까워지려고 행동하는 것은 지극히 당연한 일이다. 아마 마오도 잇 짱과 그렇게 되기를 원하는 거겠지. 그렇다면 좋겠다.

"여자가 좋아할 만한 가게 알아?"

"아……. 그러네."

기요세와 가보았던 레스토랑 이름 몇 개를 떠올려 보려 했다. 세련된(적어도 마쓰키에게는 그렇게 느껴지는)

가게 이름은 왜 그렇게 하나 같이 외우기 힘든 걸까? '이로토리도리'만큼 쉬울 필요는 없지만 어떻게 좀 안 되나.

잇 짱은 "생각나면 알려줘"라고 말하며 마쓰키에게서 떨어졌다. 낮은 테이블에서 불편하게 등을 구부리고 연필을 쥔 잇 짱을 돌아보았다. 책상과 의자를 마련해서 바른 자세로 쓰면 조금 나아질 텐데, 어떻게든 해야겠다.

낮은 테이블 위에는 마오가 보낸 편지가 있다. 마오는 잇 짱에게 보낸 편지를 마쓰키도 읽는 줄 아마 모를 것이다. 상대가 보낸 편지 내용을 모르면 답장을 쓸 수가 없으니 어쩔 수 없다고는 해도, 남의 편지를 본다는 사실에 다소 꺼림칙한 마음이 있다.

처음 받은 편지에는 "많이 쓰다 보면 분명 글자를 쓸 수 있게 될 거예요", "힘내요"라고 적혀 있었다.

잇 짱은 노력하고 있다. 마오에게 그렇게 말해 주고 싶었다. 눈물이 날 정도로 강하게. 노력하고 있고, 지금까지도 노력해 왔어, 당신은 모를 수도 있지만. 그렇게 말해 주고 싶었다.

이건 질투일까? 친구에게 자기보다 특별한 사람이 나타났다는 사실을 질투하는, 그렇게 속 좁은 인간이었던가, 나는? 새로운 발견에 마쓰키는 한층 혼란스러웠다.

이쓰키 씨 편지를 뜯어볼 때가 하루 중 가장 포근한 순간이에요.

마오의 편지 글귀가 눈에 들어왔다. 항상 생각하는 거지만 글씨가 작기도 하다. '포근함'을 느끼는 건가, 이 사람은? 잇 짱이 필사적으로 쓴 편지에. 포근함. 어리석은 말이다. 마오에게는 미안하지만.

"그래서 편지, 이번에는 어떤 식으로 쓸 거야?"

글귀를 고민하는 건 잇 짱의 역할이다. 볼펜을 한 손에 쥐고 인터뷰를 시작했다.

"음."

잇 짱은 잠깐 고민하다가 천천히 입을 열었다.

"스카이 마오 님. 안녕하세요. 어제는 역 근처 매화 꽃망울이 터질 것 같더군요. 당신이 얼마 전 꽃은 뭐든지 좋아한다고 말씀하신 기억이 나서, 그 소식을 전하고 싶었습니다. 추울 때는 누구든 모두 종종걸음으로 고개를 숙이고 지나가지요. 하지만 그 나무 밑을 지날 때만큼은 모두 고개를 들더군요. 그게 어쩐지 무척이나 멋진 일처럼 느껴졌습니다."

"……잇 짱, 너 말이야."

마쓰키는 볼펜으로 받아 적으며 신음했다.

"왜?"

"문장은 술술 떠오르나 보네."

쓰고 싶은 글은 떠오른다. 다만 그것을 글자로 바꾸는 데 시간이 걸리는 것이다. 잇 짱은 글을 못 읽는 것도 아니고, 전혀 못 쓰는 것도 아니다. 다만 글을 '쓰는' 행위에 다른 사람의 몇백 배나 되는 에너지가 필요한 것이다.

"기요세한테도 보내도 돼? 이거 너무 좋다. 좋아한다는 표현은 한마디도 쓰지 않았는데 좋아하는 마음이 전해져."

"애인한테 보내는 메시지는 직접 고민해."

"역시 안 되나……. 아니, 그건 그렇고 잇 짱은 문장력도 상상력도 있는데, 글자 모양만 제대로 인식을 못 하네."

분명 상상하고 표현하는 능력은 뛰어나리라. 다시 공책에 시선을 떨어뜨렸다. 이 몇 줄만으로 입을 살짝 벌리고 나무를 올려다보는 잇 짱의 모습이 보이는 듯했다.

상상력. 상상력이라. 그런가. 마쓰키는 일종의 기대를 품고 잇 짱의 받아쓰기 공책을 가리켰다.

"잇 짱. '야(や)'라는 글자에서 이 부분은 말이야, 음…… 떡이야. 떡이라고 생각해 봐."

"떡?"

"응. 이 곡선 부분 말이야. 이게 떡이야. 여기에 이쑤시개하고 꼬치를 꽂는 거야. 이쑤시개는 짧고, 꼬치는 그것보다 길잖아. 그 차이를 떠올리면서 써봐."

잇 짱이 몇 초 고민하다가 조심스레 연필을 쥐었다. 이쑤시개, 꼬치, 하고 몇 번이고 되뇌었다.

완성된 떡은 너무 납작하고, 이쑤시개는 너무 짧았다. 하지만 꼬치 길이는 괜찮았다.

"잇 짱, 이거 '야(や)'처럼 보여."

"그래? 정말?"

"응. 굉장해! 성공했네!"

마쓰키는 저도 모르게 흥분해서 등을 두드렸다. 잇 짱은 "아야!" 하고 얼굴을 찌푸리면서도 기쁨을 억누르지 못하는 기색으로 "후후" 하고 어깨를 들썩였다.

퇴근길에 잇 짱이 불러낸 것은 그 이틀 뒤였다. 항상 가던 이로토리도리가 아니었다. 지도 앱으로 조사해 보니 잇 짱이 말한 가게는 항상 내리는 역보다 네 정거장 먼저 내려 다시 10분 넘게 걸어야 하는 불편한 장소에 있었다. 대체 왜 이런 가게를? 괜히 화가 났다.

연립 건물을 개조한 느낌의 유난히 세련된 가게였다. 가게에 들어가자 안쪽 자리에 바닥을 파서 만든 고타쓰에 앉아 있던 잇 짱이 손을 들었고, 그 맞은편에 앉아 있던 여자가 돌아보았다. 스가이 마오다. 함께 있다는 말은 듣지 못했는데.

"이쓰키 씨에게 항상 말씀 많이 듣고 있어요."

스가이 마오가 고개를 숙였다.

"이쓰키 씨 친구분을 한번 뵙고 싶었어요. 갑자기 불러내서 죄송해요."

"마오 씨가 깜짝 놀라게 해주자고 해서."

"……아, 응."

목소리가 날카로워지지 않도록 주의했다. 노려본다고 오해를 사기 싫었다. 반사적으로 굳어버린 눈가 근육을 누그러뜨리려고 애썼다.

"놀라긴, 했어. 확실히."

마오와 잇 짱은 얼굴을 마주 보며 싱글거렸다. 요즘 계속 잇 짱이 심각한 얼굴로 연필을 쥔 모습밖에 보지 못했다는 사실을 새삼 깨닫고 놀란 마음과 정체를 알 수 없는 짜증이 조금 가라앉았다.

잇 짱, 정말 기뻐 보이네. 감동마저 느끼며 점원이 가져온 유난히 긴 맥주잔에 입을 댔다.

한동안 무난한 이야기를 나누었다. 마오는 몇 년 전에 오사카로 이사를 왔다고 한다. 도호쿠가 고향이라는데, 도호쿠 어디인지는 구체적으로 말하지 않았다. 마쓰키도 묻지 않았다. 말하지 않는다는 것은 말하기 싫다는 뜻이다. 굳이 남에게 말하지 않는 일은 마쓰키도 몇 가지 있다.

"그래서 그렇게 피부가 희군요."

모나지 않게 흘려 넘겼다.

오사카는 눈이 거의 내리지 않아 놀랐다는 이야기, 에스컬레이터에서 오른쪽에 서야 한다는 사실, 오사카 사람들은 낫토를 좋아하지 않는다고 들었는데 어디서나 팔고 있어서 실망했다는 이야기를 마오는 웃으며 말했다. 잇 짱은 그런 이야기를 내내 기쁜 표정으로 끄덕거리며 듣고 있었다.

"마쓰키는 정말 좋은 녀석이야."

술이 들어가자 얼굴이 벌게진 잇 짱이 마쓰키를 쳐다보았다.

"응, 알 것 같아."

작은 목소리로 맞장구를 치는 마오에게 "어떻게?"라고 되물을 뻔했다. 어떻게 그런 걸 알지? 우리는 오늘 처음 이야기를 나누었는데? 하지만 마음속으로만 생각했다.

이 사람들도 곧 사귀려나. 남 일처럼, 아니, 실제로 남 일이지만 저 멀리 있는 도로표지판을 확인하듯이 생각했다. 잇 짱은 처음에 마오가 웃지 않는다고 걱정했지만 눈앞의 마오는 즐거운 듯 소리 내어 웃으며 잇 짱의 눈을 물끄러미 바라보고는 또 미소를 짓는다. 잇 짱과 함께라면 자연히 웃음이 나오는 걸까?

잇 짱의 인품은 잘 알고 있다. '이 사람'이라고 정한 상대라면 끝까지 소중하게 여기겠지. 하지만 마오는 어떨까? 잇 짱에게 어울리는 여성일까?

부탁받지도 않았는데 그렇게 품평하는 눈길로 마오

177

를 바라보는 나는 대체 뭘 하는 인간일까. 잇 짱이 그런 짓을 하라고 마쓰키를 이 자리에 불렀을 리 없다는 건 알고 있는데.

하지만 아까부터 마오의 무언가가 묘하게 마음에 걸렸다. 이 사람은 마음속에 뭔가 어두운 그림자를 품고 있는 게 아닐까, 자꾸만 그런 생각이 들었다.

그것이 확신으로 바뀐 것은 헤어질 때였다. 구두를 신으려다가 비틀거렸다. 일 때문에 피곤한 것도 있어 생각보다 취했다고 느끼며 무심코 옆을 보니, 마오의 코트 어깨 쪽에 실오라기가 붙어 있었다.

"아, 실이."

반사적으로 손을 뻗어 그 실오라기를 떼려고 했다. 아마 상대가 누구든 그랬을 것이다. 상사든, 후배든, 여자든, 남자든. 상대는 대개 친절이라고 부르기도 거창한 그 행위에 인사를 하거나 가볍게 고개를 숙일 뿐이다. 그래서 마오가 날카롭게 소리를 지르며 주저앉았을 때, 영문을 알 수가 없었다.

"어?"

"하지 마!"

마오가 두 팔로 자신을 끌어안은 채 떨고 있었다. 취기가 남은 머릿속이 따가울 정도로 급속히 식어갔다.

"무슨 일이야?"

잇 짱이 놀라서 물었다. 실오라기가, 마쓰키는 그렇게 해명했다. 실오라기를 떼어주려고 했을 뿐이라고 설명하는 목소리가 더듬거렸다. 변명이 아닌데 변명처럼 들렸다. 자기 귀에도 그러니 잇 짱은 더욱 그렇게 느꼈으리라.

"마쓰키, 무슨 짓을 한 거야?"

"아무 짓도 안 했어."

생판 모르는 남자가 경솔하게 건드리다니 싫었을지도 모른다. 그렇다고 해도 주저앉아서 떨 정도인가?

종업원과 다른 손님들이 무슨 일이냐는 표정으로 이쪽을 쳐다보았다.

"저기, 미안해. 갑자기 그래서 깜짝 놀랐지."

마쓰키는 황급히 사과했지만 마오의 눈에서 흘러넘치는 눈물을 보고 할 말을 잃었다.

잇 짱은 마오 곁에 무릎을 꿇고 "괜찮아? 일어설 수 있어?" 하고 안절부절못했다. 그 모습을 보고 있자니 어쩐지 자기가 말도 안 되는 짓을 저지른 것만 같았다. 잇 짱의 얼굴도 점점 굳어갔다.

"먼저 돌아가 줄래?"

"하지만."

"마쓰키, 됐어."

다른 말은 듣지 않겠다는 말투였다.

걸어가면서 방금 전 일을 곱씹었다. 그건 대체, 무엇이었을까?

또다시 사리가 떠올랐다. 마쓰키가 사리를 때린 적은 딱 한 번뿐이었다. 그 후로는 마쓰키가 힐끔 쳐다만 봐도 "오빠가 노려봤어, 무서워"라며 우는 시늉으로 몹시도 쉽게 어머니를 구슬리곤 했다.

하지만 어렸을 때 사리가 한 행동을 마오와 비교하는 건 옳지 않다. 그 시절 사리가 그렇게 군 이유는, 바쁜 어머니 대신 자기를 돌봐주는 친척 어른들의 관심을 끌고 싶었던 거라고 이제는 이해한다.

어제는 미안했어. 잇 짱이 보낸 짧은 메시지가 도착해 있었다. 아침에 일어나 바로 메시지를 확인했다.

보낸 시각은 새벽 2시 5분. 잇 짱은 그 후에 마오와 어떻게 됐을까? 마쓰키는 아파트에 돌아와 바로 샤워를 하고 잠들었다.

마오 씨는 지금 함께 사는 남자가 있어. 그런 이야기를 들은 것은 그로부터 또 일주일이 지난 뒤였다. 원래 글자 공부를 하기로 약속했는데, 지난번 일 때문에 잇 짱을 맞이하는 순간에 괜히 긴장했다.

마쓰키는 잇 짱이 올 때까지 그냥 켜둔 텔레비전을 보고 있었다. 오사카 지역 프로그램이다. 요란한 세트장에서 시끄럽게 떠드는 여자가 있다. 참견하는 젊은 개그맨이 있고, 나이 든 만담꾼이 있다. 화제는 역시나 그 바이러스였다.

이제 어디를 가도 마스크를 살 수가 없다고 여자가 한탄했다. 그러고 보니 회사 사무직원도 그런 말을 했다. "마쓰키, 인터넷으로도 못 살까? 어떻게 생각해?" 기계와 거리가 멀기로 유명한 상대가 그렇게 묻기에 아마존 (Amazon)에서 '마스크'라고 검색해 봤더니 찾는 족족 품절이었다. 파는 곳은 있었지만 깜짝 놀랄 정도로 비쌌다.

이거 심각하네 하고 멍하니 생각하며 우유를 마시

고 있으려니 드디어 잇 짱이 찾아왔다.

"마오 씨는 지금 함께 사는 남자가 있어."

그 작자는, 하고 한 번 말을 끊은 잇 짱이 중얼거렸다.

"그 작자는, 마오 씨를 때린다나 봐."

마오가 태어나고 자란 집은 아키타에 있다. 어렸을 때 부모가 이혼해 어머니와 둘이서 살았다. 중학생 때 어머니가 재혼했지만 그 재혼 상대와 영 맞지 않아 고등학교를 졸업하자마자 집을 뛰쳐나왔다. 온갖 일, 온갖 지역을 전전하다가 몇 년 전에 오사카에 다다랐다.

기숙사가 있다는 이유로 파친코 가게에서 일하기 시작한 마오는 동료 남성과 가까워졌고 이윽고 연인 관계로 발전했다.

속박이 심한 남자라고 했다. 귀가 시간이 조금이라도 늦으면 의심했다. 다른 남자를 만나는 게 아니냐는 것이다. 친구와 노는 것도 제한했고, 휴대전화 통화 기록이나 메시지 내용을 확인하는 것은 물론, 남자 종업원과 말만 해도 화를 내거나 치마를 입으면 다른 남자 관심을 끌려는 거라며 몇 시간씩 다그치기도 했다.

참을 수 없는 고통이었지만 그 남자와 헤어진들 갈

곳은 없었다. 그런 상황에서 만난 게 마오의 지금 동거 상대라고 했다. 이름은 고타키 류지.

"마오 씨는 그 동료 남성하고 헤어지려고 파친코 가게를 그만두고 기숙사도 나오기로 했어. 그래서 이사 갈 집을 찾으려고 찾아간 부동산에서 그 고타키란 놈을 만난 거야. 몰래 이사하고 싶다고 의논했더니 고타키란 작자가 자세한 사정을 물었고, 이것저것 의논하는 사이에 가까워졌다나 봐."

마오는 고타키의 맨션으로 들어갔다.

이번에야말로 행복해질 거야. 그렇게 믿었는데 더 끔찍한 생활이 기다리고 있었다. 고타키는 마오의 사소한 실수, 가령 달걀 프라이를 태운다거나, 주머니에 휴지를 넣은 채로 빨래를 돌린다거나, 정말 누구나 저지를 수 있는 사소한 실수에 불같이 화를 냈다고 했다. 머리채를 잡아채거나 어깨를 붙잡고 뒤흔드는 건 그나마 나은 편이고, 반박하거나 저항하면 뺨을 때리거나 걷어차기도 한다. 실수하지 않도록, 틀리지 않도록 조심할수록 머릿속이 백지장이 되어 아무 생각도 나지 않아 또 같은 실수를 저지르고 만다.

일상적으로 폭력을 당하는 사람은 남이 팔만 들어 올려도 겁을 먹는다는 이야기를 들은 적이 있다. 요전번 마오의 반응도 그런 종류였을까?

"왜 그런 남자하고 사귀는 거야?"

놀라서 그렇게 물었을 때 잇 짱의 뺨에 희미하게 떠오른 그늘을 마쓰키는 놓치지 않았다. 그것은 분명 '실망'이었다. 나는 지금 잇 짱을 실망하게 했다. 그렇게 이해한 순간 잇 짱이 숨을 토했다.

"갈 곳이 없었으니 그렇지."

"아무리 그래도⋯⋯."

"그 밖에도 무슨 이유가 있을지도 모르잖아."

그리고 그 '이유'는 모두가 이해할 수 있는 사정이 아닐지도 몰라, 남들이 보면 "겨우?"라고 생각할 정도지만 본인에게는 엄청나게 크고 심각한 이유일지도 몰라. 잇 짱은 그런 말을 힘없이 늘어놓았다.

예를 들면? 약점을 잡혔다거나? 마쓰키는 그런 말을 집어삼키고 그저 고개를 끄덕거렸다. 하고 싶은 말은 많았지만 여기서 잇 짱과 그가 옥신각신할 문제는 아니다. 그래도 역시 마쓰키는 믿을 수가 없었다. 여자에게 아무 이유도 없이 그런 짓을 하는 남자가 있다니.

"뭐, 무슨 이유가 있겠지, 그 남자한테도."

마오에게 이유가 있다면 그 남자에게도 있을 수 있다. 잇 짱은 싸늘한 눈초리로 마쓰키를 쳐다보았다.

"그래. 마쓰키 넌 공평하지. 하지만 그 공평함은 지금 아무 도움도 안 돼."

적어도 마오 씨 문제를 해결하기 위해서는. 그런 말을 들으니 점점 더 입을 다물 수밖에 없었다.

"그나저나 오늘 밤 시간 있어? 같이 가줬으면 하는 곳이 있는데."

어디인지 물어보지도 않고 승낙했다. 잇 짱의 심각한 표정 때문에 물어보기가 꺼려졌다.

잇 짱이 '같이 가줬으면 하는' 장소는 빌딩 지하에 있는 유난히 어두침침한 바였다. 카운터와 4인석 테이블이 두 개. 점장처럼 보이는 갸름한 얼굴의 중년 남자가 카운터 안에서 글라스를 닦고 있다가 두 사람이 들어서자 어째선지 몹시 놀란 표정으로 "아, 어, 어서 오세요"라고 했다.

카운터 끝에 시끄러운 남자 손님이 한 명 있었다. 넥

타이를 단정치 못하게 풀고 뺨을 괴고 있다. 주인이 손님을 '류 짱'이라고 부르기에 왠지 찝찝한 예감이 들었다. 잇 짱이 "저 녀석이야. 고타키 류지"라고 속삭여서 그 예감이 적중했음을 알았다. 잇 짱은 일부러 마오의 동거 상대를 보러 온 것이다.

"어떻게 여기 있는 줄 알았어?"

맥주를 두 잔 시키고 나서 귓속말로 물었다.

"마오 씨한테 들었어."

고타키는 일주일에 세 번 이상 이 가게에 들른다. 친구가 많이 들락거리는 가게로, 일종의 아지트 같았다. 마쓰키와 잇 짱이 곁눈질로 상대를 살피며 맥주를 마시는 동안에도 요란하게 염색한 남녀가 찾아와 고타키와 하이터치를 했다.

하이터치. 마쓰키는 볼링에서 스트라이크를 쳤을 때 말고는 남과 하이터치를 해본 적이 없다. 그 볼링마저 누가 불러주지 않으면 가지 않으니 마지막으로 볼링을 치러 간 게 학생 때였다. 결과적으로 마쓰키는 벌써 몇 년이나 하이터치를 해본 적이 없다.

그런데 만나자마자 냅다 하이터치라니. 그것만으로

도 고타키가 마쓰키나 잇 쨩과는 다른 부류의 인간임을 통감했다. 그들은 테이블석으로 이동했다. 카운터에 땅콩 껍데기와 흉하게 널브러진 물수건이 그대로 남아 있어 몹시 지저분했다. 멍청이, 죽어, 너 바보냐, 진짜? 으하하. 그런 말들을 잔뜩 쓰는 대화는 유난히 시끄럽고 귀에 거슬렸다.

스마트폰이 울려 고타키가 혼자 밖으로 나갔다. 잇 쨩이 마쓰키에게 몸을 기울이더니 작은 목소리로 마오에 대한 이야기를 털어놓았다.

마오는 지금까지 반년 이상 같은 직장에서 일한 적이 없다고 했다. 직장을 바꿀 때마다 근무 일수가 점점 짧아진다.

고타키가 사사건건 "너는 안 돼"라고 계속 부정해서 완전히 자신감을 잃고 말았다. 남들 앞에서 뭔가 실수하는 게 너무나 두렵다. 조금이라도 혼나면 그만 모든 게 싫어져서 그만두고 싶은 마음뿐이다. 잇 쨩에게 그런 식으로 말했다고 한다.

일뿐만 아니라 새로 무언가를 한다는 것은 실수를 반복하면서 그 개선 방법을 배워가는 과정이다. 그 배움의 기회를 얻지 못하고 무조건 부정당한다면 분명 괴로울 것이다. 그런 점에서는 깊이 동정한다. 마오는 많은 면에서 노력을 포기한 사람일까 하는 생각도 했다. 뭔가를 시도했다가 실패하고, 부정당하고, 위축되었다? 일도, 남자도?

이야기를 마친 잇 짱은 자잘한 흠집과 담배 자국이 잔뜩 남아 있는 카운터에 시선을 떨어뜨렸다. 마쓰키가 입을 열려는데 고타키가 돌아왔다.

"그 여자야?"

테이블석 의자에 비스듬하니 단정치 못한 자세로 앉은 남자가 묻자 고타키가 "설마"라고 대답했다.

"뭐가 '설마'야?" 여자가 뾰족한 턱을 치켜들었다.

"여자한테는 일할 때 전화하면 가만 안 둔다고 말해 뒀거든."

"지금 일하는 거 아니잖아."

"아니, 그냥 날 방해하지 말란 뜻이지."

하하하하하하. 뭐가 재미있는지 세 사람은 한목소리로 웃었다. 잇 짱이 벌떡 일어나자 고타키가 이쪽을 쳐다보았다. 잇 짱과 고타키의 시선이 엉켰다. 마쓰키는 마른침을 삼키고 두 사람을 지켜보았다.

"당신."

잇 짱은 뭐라 말하려다가 거기서 멈추었다. 고타키의 일행인 한 남자가 "어?" 하고 눈썹을 씰룩거렸다.

"우리한테 무슨 볼일 있어?"

마쓰키는 잇 짱의 팔을 붙잡고 "죄송합니다, 계산 부탁합니다"라고 말했다.

카운터 안쪽에 있던 남자가 느릿한 동작으로 계산대 앞으로 나와 금액을 알려주었다. 턱없이 비싸서 놀랐지만 한시라도 빨리 이곳을 뜨고 싶은 마음으로 만 엔짜리 지폐를 거칠게 내밀었다. 잇 짱을 떠밀다시피 해서 밖으로 나왔다.

가게에서 나오자 잇 짱이 말없이 걸음을 뗐다.

"마오 씨, 저 자식 이야기를 하면서 울었어."

이와이 도시락이 보일 때쯤 겨우 입을 열었다.

"응."

"항상 겁에 질려서 살고 있대. 책을 읽을 때하고……
그리고, 나하고…… 편지를 주고받거나, 만나서 이야기할 때가 유일하게 안심할 수 있는 시간이라는 거야. 그

걸, 뭐야, 저 자식."

"응."

열 받아, 잇 짱이 말했다. 분명 열 받는다. 고타키는 나쁜 남자다. 잇 짱이라면 절대 그런 짓을 하지 않는다. 마오는 틀림없이 잇 짱과 사귀는 게 더 행복하리라. 그렇게 생각하면서도 '어째서 마오는 저 가게 정보를 일부러 잇 짱에게 알려줬을까?'라는 의문이 머릿속에서 떠나지 않았다. 고타키를 만나러 가서 담판이라도 지어달라고 부탁한 걸까? 그렇게 물어보니 잇 짱은 고개를 가로저었다. 자기가 멋대로 갔을 뿐이라고.

하지만 가게에 들어갔을 때, 잇 짱은 그 남자가 고타키라고 단언했다. 다시 말해 미리 사진이나 무언가를 보았다는 뜻이다.

"마오 씨를 우리 집에서 지내게 해도 되는지 엄마한테 의논해 볼 셈이야."

가로등 밑에서 본 잇 짱의 눈은 흰자가 창백하게 빛났다. 진심이구나.

하지만 과연 그런다고 잇 짱은 행복해질 수 있을까?

그때 잇 짱에게 뭐라고 말해 주면 좋았을까? 그로부터 며칠이 지난 지금도 마쓰키는 알 수가 없었다. 퇴근하고 걸어가면서 잇 짱과 나눈 대화를 곱씹었다.

잇 짱이 마오에게 고타키와 헤어지는 게 좋겠다고 말했다는 건 전화로 들었다. 당장은 아니더라도 괜찮다, 일단 고타키의 맨션에서 나와라, 갈 곳이 없다면 우리 집에 와도 된다고.

잇 짱의 어머니는 어려운 사람을 내버려두지 못하는 성격이다. 미치코 씨 때처럼 분명 마오도 받아들여 줄 것이다. 잇 짱은 그렇게 말했다.

파트타임으로 일하는 미치코 씨는 원래 잇 짱 어머니의 친구였다. 남편의 폭력을 견디다 못해 집에서 뛰쳐나와 한때 잇 짱의 집에서 머물렀다.

하지만. 거기까지 생각했을 때 약속 장소인 서점 앞을 지나친 것을 깨달았다. 허둥지둥 걸음을 돌리자 기요세는 문예서 책장 앞에 있었다. 전에 살지 말지 아직 모르는 상태의 책은 구기거나 더럽히지 않도록 조심조심 다룬다는 말을 했다. 그 말대로 신중한 동작으로 책을 집거나 표지를 어루만지며 종이 감촉을 확인하는 기요세의 모습을 한동안 바라보았다.

기요세의 관심은 이미 아직 도착하지 않은 (그런 줄 아는) 연인보다 책을 고르는 즐거움 쪽으로 기울어 있을 것이다. 그 진지한 옆모습을 눈으로 좇으며 마음은 또 잇 짱 문제로 돌아갔다.

잇 짱의 어머니가 친구 미치코 씨를 도와준 것과, 잇 짱이 마오를 돕는 것은 미묘하게 다른 것 같았다. 뭐랄 까, 문제의 질이 달랐다.

애초에 마오는 도와줄 가치가 있는 사람일까? 그저 예전 남자에게서 달아나려고 적당히 이용할 셈이었는데 더 나쁜 남자를 만났을 뿐이지 않을까? 미안하지만 그 건 자기 탓 아닐까?

잇 짱은 "마오 씨가 고타키하고 헤어지면 나하고 사 귀어줄 거라는 기대는 하지 않아"라고 변명조로 말했지 만 그럴 리가 없다. 마쓰키가 같은 입장이라면 분명 기대 할 것이다.

마쓰키는 클로셰트에 과자를 사러 간 날부터 기요 세에게 호감을 느꼈다. 훗날 이상한 남자 둘이 그 '호감' 이 가는 여성에게 집적거리는 모습을 우연히 발견했다.

기회라는 생각을 조금도 하지 않았다고 한다면 거짓말이다.

만약 도와준 뒤에 기요세가 "차라도 한잔하자"는 마쓰키의 청을 거절했다면 어땠을까? 분명 실망했으리라. 기회가 날아갔으니까.

아니, 그래도. 마쓰키는 고개를 저었다. 도와주지 말걸 그랬다는 생각은 하지 않을 것이다. 실망은 하겠지만 그 여성을 도와줄 수 있어서 다행이다. 분명 그렇게 생각하며 만족했을 것이다. 그렇다면 잇 쨩도 마음 가는 대로 하면 된다. 마오를 돕고 싶다면 도우면 되고, 그 후에 교제로 발전하기를 기대하는 것도, 기대하지 않는 것도 자유다.

약한 여자가 지금 만나는 남자에게서 도망치고 싶다는 목적을 달성하기 위해 자기에게 호감을 품은 다른 남자를 이용한다. 그런 비난 어린 시선이 잘못된 것이다. 그렇지 않은가, 누구든 살다 보면 남을 이용하니까. 이용이라는 말이 문제라면 '의지한다'고 바꿔 말해도 된다. 혼자 힘으로만 살아갈 수 있다고 생각하는 게 더 오만하다. 그리고 좋아하는 여자가 도와달라고 하면 잇 쨩은 기뻐하겠지. 아무 문제도 없다. 열심히 그렇게 결론을 내려는데, 연필 때가 묻은 잇짱의 손이 떠올랐다. 웅크린 뒷모습, 떠오른 편지 글귀를 말로 전하려 할 때의 조금 쑥스러운 표정이, 과연 그래도 되는 거냐고 마쓰키에게 계속 질문했다.

하지만 글자 공부를 하기로 결심한 것은 바로 잇짱이고 마오는 계기에 지나지 않는다. 그러니 어디까지나 지금 하는 행동은 잇짱 스스로를 위한 일이고.

거기까지 생각했을 때 누가 불쑥 등을 두드렸다. 흠칫 떨며 뒤를 돌아보자 어느새 기요세가 옆에 서 있었다.

"왜 그래? 몇 번이나 불렀는데."

멍하니 고개를 가로저었다. 너무 깊이 생각에 잠겨 주위 소리가 들리지 않았다.

"도착하면 연락하라고 메시지 보냈잖아."

기요세가 가방에서 스마트폰을 꺼냈다.

"아, 진짜, 안 읽었잖아."

마쓰키는 주머니에 손을 넣어보았지만 텅 비어 있었다. 가방을 들여다보았지만 거기에도 스마트폰은 없었다.

"미안, 집이나 회사에 두고 왔나 봐."

"뭐? 또?"

마쓰키는 젊으니까 스마트폰만 붙잡고 있지, 스마트폰을 놓지 못하는 세대지. 회사 연장자들에게 그런 놀림을 받을 때가 있다. 하지만 마쓰키는 종종 스마트폰을 깜빡한다. 없어도 괜찮지 않나 싶을 때도 있고, 외출할 때 일부러 집에 두고 갈 때도 있다. 몇 번 실수로 떨어뜨린 적도 있다 보니 그럴 바에야 차라리 들고 다니지 않는 게 낫다 싶은 것이다.

"마쓰키, 회사에서 무슨 일 있었어? 표정이 심각하던데."

"아니…… 아니, 아무것도 아니야."

기요세는 이미 서점 이름이 찍힌 검은 봉투를 들고 있었다. 아까 가만히 어루만지던 책을 결국 산 걸까? 아무래도 상관없는 생각을 한다. 생각하려 한다.

기요세는 "뭔가 수상한데" 하고 미심쩍다는 듯 마쓰키의 얼굴을 바라보았다.

"수상하기는."

"비밀의 냄새가 나."

마쓰키의 팔에 코를 대며 기요세가 살짝 웃었다. 아

아, 뭐야, 농담인가. 안도의 숨을 내쉬었다.

비밀. 자신과 가장 거리가 먼 단어 같았는데, 생각해 보면 기요세에게 말하지 않은 일들이 많았다. 가족일도 그렇고 잇 짱 이야기도 그랬다. 물론 잇 짱 문제는 '모두에게 비밀로' 해달라고 부탁받았기 때문이지만.

잇 짱이 글을 쓰지 못한다는 사실, 앞으로 쓸 수 있게 되려고 연습하고 있다는 사실만 숨기면 되지만 다른 이야기를 하다 보면 무심코 흘릴 것 같았다.

그래서 요즘은 기요세 앞에서는 잇 짱에 대한 이야기를 전혀 입 밖에 내지 않게 되었다. 기요세가 이 사실을 알면 어떻게 반응할까? 어쩔 수 없는 일이라지만 마오의 편지를 둘이서 읽고 있다는 사실을 안다면. 뭐? 그런 짓을 하고 있어? 자기 편지를 돌려보다니, 나 같으면 절대 싫어. 그렇게 말할지도 모른다. 상상 속 기요세에게 "돌려보는 게 아니야"라고 반론하고 눈앞의 기요세에게는 "무슨 비밀이 있다고 그래" 하고 시치미를 뗐다.

"그보다 빨리 가자."

오늘 예약한 곳은 기요세가 전부터 가고 싶다던 카페다.

"24시간 영업하는데 케이크 말고도 미트파이나 키슈 같은 디저트도 많대. 우리 푸드 메뉴에 그런 게 없으니 어떤 건지 봐두고 싶어."

"호오."

카페 일을 '어쩌다 보니', '월급만 주면 어디든 상관없는데 채용됐으니까' 하는 일이라고 했지만 하는 말에 비해서는 평소에도 탐구심이 강하다.

"가게 방침이나 새로운 메뉴를 정하는 건 사장들이니 의미 없는 일이지만, 그래도 궁금하니까"라고 했다. 기요세는 궁금한 게 많은 사람이구나. 마쓰키는 새삼 그렇게 생각했다. 잘 모르는 채로 어영부영 넘기기를 싫어하는 것이다. 그렇다면 불안하게 하지 않기 위해서도 지금 그가 겪고 있는 일들을 말해야 하지 않을까? 수상하다는 말은 듣고 싶지 않다. 거기까지 생각하다가 마쓰키는 자기가 방금 기요세가 던진 농담에 동요하고 있다는 사실을 깨달았다. 기요세에게만큼은 그런 식으로 보이기 싫었다.

좋아. 결심을 하고 입을 열려는데 기요세가 문득 시선을 돌렸다. "우와." 눈썹을 찌푸리고 있다.

"글씨가 엉망이네."

자영업으로 보이는 중화요리점 셔터에 붙은 종이를 가리키고 있었다. 개인 사정으로 쉽니다, 라는 평범한 안내문을 마쓰키도 보았다. 마쓰키는 엉망이라고 생각하지 않았다. 서툰 사람이 한 글자, 한 글자, 열심히 정성 들여 쓴 글씨처럼 보였다.

"남들이 보는 거니까 좀 제대로 써야지. 나도 가게 안내판에 추천 메뉴를 쓸 때면 얼마나 신경 쓴다고. 절대로 저렇게 하면 안 돼."

기요세의 그 말은 몹시도 무정하게 울려, 마쓰키는 깜짝 놀라 연인의 옆얼굴을 훔쳐보았다. 평소와 다름없는 표정인데 처음 보는 사람처럼 느껴졌다. 모두가 같은 일을 똑같이 잘할 리 없는데 '제대로' 했는지 안 했는지, 어떻게 단언할 수 있단 말인가?

그런 말을 하는 사람이었어? 그런 말이 튀어나오려 했다. 기요세는, 태연히 그런 식으로 말하는 사람이구나.

"마쓰키, 왜 그래? 또 표정이 심각해."

"아무것도 아니야."

역시 기요세에게는 아직 말할 수 없다. 잇 짱도 소개

시켜 줄 수 없다.

성실한 노력가. 그것은 기요세의 장점이다. 하지만 이따금 그 장점은 그대로 타인에게 엄격하다는 단점으로 바뀌고 만다. 잇 짱을 단순한 게으름뱅이처럼 취급하면 참을 수 없다. 기요세가 그런 생각을 속에 감추더라도 잇 짱은 민감하게 알아차릴 테니까.

걷다 보니 눈에 익은 뒷골목으로 들어갔다. 바로 얼마 전에도 왔다. 세월이 느껴지는 술집들이 늘어선 거리. 고타키가 다니는 가게도 여기에 있었다.

"이런 곳에 카페가 있어? 길 잘못 든 게 아니고?"

"어, 맞을 텐데."

기요세는 인정할 수 없다는 듯 숨을 토하며 스마트폰을 꺼냈다. 지도 앱을 확인하는 기요세를 기다리는데 뺨에 시선을 느꼈다.

몇 미터 앞에 한 남자가 서 있었다. 손에 든 휴대용 재떨이에 담배를 끄며 이쪽으로 다가왔다. 고타키다. 마쓰키도 성큼 걸음을 뗐다.

"안녕하십니까. 저번에도 봤지요."

고타키는 입가에 희미한 미소를 머금고 있었다. 퇴

199

근길에 그 가게에 들렀다 돌아가는 길인지, 아니면 지금 가게로 가는 길인지, 오늘도 양복 차림이었다. 가다듬은 눈썹 밑에서 경계심 많은 눈동자가 빛나고 있다. '어디서 보지 않았던가요'가 아니라 분명 '봤지요'라고 말했다. 얼굴을 기억하는 것이다.

"직업상 사람 얼굴은 한 번에 기억하거든요."

고타키 류지는 가게 이름을 말했다. 그 가게에 자주 다니는데 손님의 9할은 사장의 지인이고, 처음 오는 손님은 거의 본 적이 없어서 가게에 들어왔을 때부터 신경 쓰였다고 날카로운 시선으로 마쓰키를 쳐다보며 일방적으로 떠들었다.

스마트폰에서 고개를 든 기요세가 무슨 일이냐는 듯 이쪽을 살폈다. 두 사람이 서 있는 위치에서 2미터 정도 떨어져 있다. 이쪽으로 다가오려는 기요세를 살짝 손을 들어 말렸다.

기요세를 이 남자 가까이 다가오게 하기 싫었다.

"아아, 그게."

태연한 척 가장했다. 사실은 그렇게 보이기를 바라며 겨우 목소리를 짜냈다.

"우연히 그 가게가 보여서 들어가 봤어요."

"그, 키 큰 친구하고?"

집요한 말투로 '친구'라고 발음하더니 갑자기 웃음을 터뜨렸다. 어깨를 가볍게 흔들며 콧방귀를 뀐다. 인상이 좋은 웃음이라고 할 수는 없었다. 대체 뭐가 우스운 걸까. 뱃속에서 시큼한 감정이 치밀어 올랐다. 혹시 이 남자는 잇 짱과 마오의 관계를 알고 있나?

"애인인가요?"

고타키가 기요세 쪽을 보며 턱짓했다. 대꾸하지 않자 "귀엽네요" 하고 실눈을 떴다. 펫숍 유리 너머로 강아지라도 바라보는 듯한 말투였다. 쳐다보지 말라고 말하고 싶었다. 고타키가 쳐다보기만 해도 기요세가 오염되는 것 같았다.

"그럼."

살짝 고개를 숙이고 마쓰키는 걸음을 돌렸다. "미안, 미안. 역시 길을 잘못 들었어." 두 손을 모으는 기요세의 등을 떠밀다시피 하며 걸음을 뗐다.

"아까 그 사람, 아는 사람이야?"

"아아…… 그냥 아는 사람의 아는 사람의 아는 사람."

슬쩍 뒤를 돌아보았다. 고타키는 여전히 이쪽을 바라보고 있었다. 끈적하게 들러붙는 풀 같은 시선에 사로잡힌 팔다리가 제대로 움직이지 않았다. 잘 얼버무리지 못했다. 뭔가 골치 아픈 문제가 시작된 게 아닌가 하는 예감이 마쓰키를 놓아주지 않았다.

Chapter 6

7월 25일의 하라다 기요세

4월에 접어들어 '재택 근무' 같은 말이 여기저기서 들려오기 시작했다. 하지만 우리 회사는 상관없다. 영업 외근도 금지되어 계속 사무실에서 대기하고 있다. 결과적으로 굉장히 한가했다.

잇 짱은 상황이 반대라 지난주에는 글자 공부를 한 번도 하지 못했다. 모처럼 천천히, 천천히 하면 제법 멀쩡한 글자를 쓸 수 있게 되었으니 집에서 연습하면 좋을 텐데.

하지만 여전히 한 줄만 써도 녹초가 된다. 50미터 달리기를 전력질주한 것처럼 뻗어버린다. 전에 잇 짱이 '가능한 일'과 '불가능한 일' 사이에 '노력하면 가능하지만 엄청 피곤해지는 일'이 있다고 했는데, 처음에 들었을 때는 잘 이해가 가지 않았지만 이런 걸 말하는 거겠지.

글자 공부법만 검색해서 그런지 요즘 스마트폰을 열면 어린이용 연습문제나 펜글씨 수업 같은 광고만 나온다.

그중에 하나, 마음에 걸리는 광고가 있었다. 디스렉시아(난독증)에 대한 책. 조금 신경이 쓰여 조사해 보았는데 잇 짱은 그걸지도 모른다.

전체적인 발달은 더디지 않은데 읽고 쓰는 것만 못하는 사람이 있는 듯했다.

잇 짱은 지금 글자를 쓰기는 하지만 그 글자를 머릿속에 떠올리기까지 엄청난 시간이 걸린다. 내가 읽은 인터넷 기사에서는 바로 그런 증상을 소개하고 있었다. 글은 쓸 수 있지만 문장 몇 줄에 몇 시간이나 걸린다거나, 애초에 글자를 글자로 인식하지 못하고 단순히 검은 점처럼 보이는 사람도 있다는 것이었다. 노력이 부족한 게 아니라 뇌의 구조가 다른 탓이라고 했다.

가령 나는 '모양 양(樣)'이라는 글자를 이 글자의 형태 그대로 머릿속에 떠올릴 수 있지만, 잇 짱은 나무 옆에 물이 고여 있고, 거기에 양이 끼어 있는 영상을 일일이 떠올려야 겨우 쓸 수 있다. 굉장히 긴 시간이 걸린다. 그것마저 피곤할 때는 제대로 떠올리지 못하는 것 같았다.

잇 짱은 항상 "나는 바보니까"라고 했다. 만약 잇 짱이 난독증이라면 이야기가 완전히 달라진다. 나를 포함해 주변 사람들은 잇 짱을 부당하게 대해 왔다는 뜻이 된다. 무지하다는 이유 때문에.

이 사실을 알면 잇 짱은 어떻게 생각할까?

'장애가 있다'는 사실은 물론 부끄러운 일이 아니다. 하지만 역시 본인은 충격을 받지 않을까? 물론 반대로 안도할 가능성도 있지만.

잇 짱에게 말할지 아직 고민 중이다. 다른 사람에게 의논할 수도 없다. 조금 더 고민해 보자.

거기까지 읽고 공책을 덮었다. '잇 짱'은 이쓰키 씨고, 고집스럽게 '글을 쓰지 못한다'는 사실을 숨기고 싶어 했다. 그 마음을 존중하려 했던 마쓰키. 그런데 기요세는 마쓰키의 집에 멋대로 들어가 공책을 집어 와서 폭로하고 말았다. '잇 짱의 어머니'인 이와이 씨에게도 알리고 말았다. 되돌릴 수 없다.

잠시 일터에서 빠져나온 이와이 씨가 돌아간 뒤에도 기요세는 패밀리 레스토랑에 남아 시간을 들여 공책 뒷부분을 끝까지 읽었다. 테이블에 두 팔꿈치를 괴고 머리를 감싸안았다. 전부 이쓰키 씨를 위한 일이었다. 기요세가 아무리 탓하고 몰아세워도, 마쓰키는 이쓰키 씨와 약속한 비밀을 지켰다. 하지만 그렇다면 더더욱 모르겠다. 어째서 그토록 신뢰했던 두 사람이 치고받고 싸우게 됐을까?

패밀리 레스토랑에서 나와 병원으로 향했다. 셋, 둘, 하나, 셋, 둘, 하나. 되풀이해서 세지 않으면 걸음을 내딛기도 힘들었다.

침대 위의 마쓰키는 변함이 없었다. 상처도, 눈을 뜨지 않는 것도 어제와 마찬가지. 병원 면회 시간은 30분

이내로 제한된다. 그래도 조금이라도 오래 마쓰키 곁에 있고 싶었지만 여기서도 더 머물 수는 없었다.

어쩔 수 없이 밖으로 나와 병원 주변을 걸었다. 이미 19시가 다 되어가는데 아직도 밝아서 질렸다. 쉴 새 없이 흐르는 땀과 마스크 안쪽에 맺히는 숨 때문에 입술이 축축했다. 오늘 아침 시노를 만난 일이나 출근했다가 쓰러진 일이 아득히 먼 옛날 일처럼 느껴졌다.

기요세는 스마트폰을 한 손에 들고 클로셰트의 다른 직원 얼굴을 떠올렸다. 컨디션도 좋지 않고 내일은 쉴 생각이었다. 누구에게 지원을 부탁할지 잠시 고민했지만 부탁하고 싶은 상대는 한 명밖에 없었다.

"……네."

시나가와 씨는 바로 전화를 받았다.

"하라다예요. 저, 오늘은 죄송했어요."

기요세가 말하자 짤막하게 "아녜요"라고 대답했다.

"저야말로."

"그래서 저, 시나가와 씨한테 부탁이 있는데요."

내일 대신 근무해 줄 수 있는지 묻자 시나가와 씨가 침묵했다.

"갑자기 죄송해요. 일정이 있겠죠."

"아니, 그게 아니라. 괜찮은가 싶어서요."

"네?"

"제가 해도 괜찮겠어요?"

"그건⋯⋯."

"제가 점장님 몫을 대신할 수 있을까요?"

다들 저에 대해 뭐라고 하는지는 알아요. 그렇게 말하는 시나가와 씨의 목소리가 순간 떨렸다. 전화는 답답하다. 시나가와 씨가 어떤 표정을 짓고 있는지, 전혀 상상할 수 없었다.

"일을 못한다고. 그냥⋯⋯ 쓸모없다고, 하잖아요, 다들."

쓸모없다. 시나가와 씨가 토해 내는 그 말이 가슴을 후볐다. 기요세 역시 그 말을 몇 번 들은 적이 있다. 심술궂은 선배나, 심통 맞은 손님에게.

그녀 역시 몇 번 말한 경험이 있다. 시나가와 씨에게 그러지는 않았어도, 과거에, 분명히. 그렇게 함으로써 자신을 상대보다 한 단계 높은 자리에 둘 수 있다고 착각했다.

"쓸모없다는 거, 참 듣기 싫은 말이죠."

그렇게 말하는데 자기혐오로 숨이 막혔다. 실제로 기도가 오그라든 것만 같아 기요세는 마스크를 내리고 크게 숨을 들이마셨다.

"시나가와 씨는 분명 실수가 잦아요. 하지만 제가 하는 일도 완벽하진 않아요."

여유가 없어요, 저는. 거기서 말을 끊었다. 금방 허용량이 차버리고, 곧잘 화를 내고, 짜증만 부리고.

"만약 시나가와 씨가 정말 '쓸모없다'면, 사람을 쓰는 제 쪽에 문제가 있었던 거예요. 시나가와 씨에게 저를 대신해 달라고 부탁하는 건 바로 저예요. 내일 만약 무슨 문제가 생기면 그건 시나가와 씨가 아니라 제 판단 문제예요."

시나가와 씨는 대답하지 않았다. 지금은 집에 있을까? 뒤에서 아무런 소리도 들리지 않았다. 과거는 지울 수 없고, 성격은 갑자기 바뀌지 않는다. 그래도 앞으로 취할 행동이라면 바꿀 수 있다. 적어도 기요세는 바꾸고 싶었다. 클로세트가, 그렇게 심한 말을 태연히 하는 장소여서는 안 된다.

"알겠어요. 내일, 출근할게요."

시나가와 씨가 그렇게 말하더니 "고맙습니다"라고 말을 이었다.

"점장님이 저를 찾아주셔서, 저기, 기뻐요."

"……저야말로 고마워요. 잘 부탁할게요."

눈물이 흘러넘칠 것 같아 서둘러 전화를 끊었다. 손에 들고 있는 스마트폰이 부르르 떨려서 시나가와 씨가 다시 건 줄 알았는데 아니었다.

"지금 어디야?"

시노는 절대 '여보세요'라는 말을 하지 않는다. 냅다 용건을 말하는 버릇이 있다. 옛날부터 변함없는 그 모습에 웃음이 나와, 그 덕분에 눈물이 쏙 들어갔다.

"병원 근처, 그냥 어슬렁거리고 있어."

"병원 어느 쪽?"

왜냐고 물으며 고개를 드니 도로 반대쪽에 시노가 있었다. 스마트폰을 귀에 대고 팔짝팔짝 뛰며 손을 흔든다. 서둘러 스마트폰을 가방에 넣고 길을 건넜다.

"무슨 일이야?"

"내일 휴일이라 기요세를 만나러 왔지. 집에는 아직

돌아가지 않았을 것 같아서, 병원으로 직접 와봤는데 내 짐작이 딱 맞았네."

"오늘 아침에 봤잖아."

"응. 하지만 왠지 걱정되어서. 이런 상황에서 널 혼자 두기가."

친구의 비상사태니까, 하고 진지한 얼굴로 말하는 시노를 바라보려니 또 눈물이 날 것 같았다.

"고마워. 내일 말인데, 나도 쉬기로 했어."

"그래?"

직원하고 근무를 바꾸었다고 이야기하며 걸음을 뗐다. 미지근한 바람이 불어와 땀에 젖어 무거운 앞머리를 어루만졌다.

"다행이네, 착한 직원이 있어서."

"응. 응, 다행이야."

상황은 무엇 하나 호전되지 않았지만 '분명 괜찮을 거야'라는 생각이 어느새 기요세의 가슴에 자리를 차지하고 있었다. 앞으로 무슨 일이 기다리고 있어도 하나씩 대처하는 수밖에 없다.

"얘, 네 스마트폰 울리는 거 아니야?"

시노의 말에 가방을 열자 말마따나 진동이 울리고 있었다. 낯선 번호가 표시되어 있다. 평소 같으면 절대 받지 않지만 기요세는 통화 단추를 눌렀다. 그저께도 병원 전화를 바로 받지 않아서 마쓰키 곁으로 달려가는 게 늦었다.

아키타입니다. 상대가 이름을 밝혔다. 마쓰키를 찾아왔던, 그 두 형사 중 한 명이다.

형사는 기요세의 아파트로 찾아오겠다고 했다. 전화로는 말할 수 없는 일인 것 같았다.

"나, 진짜 형사 보는 건 처음이야."

"뭐, 평범하게 살면 만날 기회가 없지."

시노와 그런 이야기를 하며 방을 정리했다. 원래도 어수선한데 요 며칠 경황이 없어 더 엉망이었다.

"있지, 시노, 형사한테 차 대접해야 할까?"

"그래도 될걸?"

"어, 과자 같은 것도 같이 내는 게 나을까?"

"차만 주는 게 좋지 않을까?"

"그래?"

"응. 아마."

"우리, 가정방문을 앞둔 어머니들 같네."

"진짜."

시노가 있어줘서 다행이다. 두런두런 이야기를 하다 보니 형사가 집을 찾아온다는 전대미문의 사태가 아무렇지 않은 일처럼 느껴졌다.

아키타는 오늘은 혼자 찾아왔다. 또 한 사람, 그 눈매 나쁜 형사는 쉬는 날일까? 아니면 다른 사람한테 갔을까? 예를 들자면 마오 씨를 찾아갔다거나?

혼자 있으니 아키타는 형사처럼 보이지 않았다. 회사원이라고 하는 편이 훨씬 잘 어울렸다. 그야 '형사처럼 보이는 형사'는 어쩌면 허구 속에만 존재할지도 모르지만.

홍차를 내주는 시노에게 인사를 하면서도 시선은 자연스럽게 방 안을 향했다. 관찰하는 걸까? 기요세는 멍하니 생각했다. 날 의심하는 걸까? 이 사람은 형사니까.

6월 26일 금요일 13시경, 어디에서 무엇을 했는지 묻기에 잠시 생각했다가 "일하고 있었을 거예요"라고 대답했다. 혹시 몰라 수첩을 확인하고 역시 맞아요, 라고 덧붙였다. 그날은 계절 한정 메뉴인 파스타가 잘 팔렸다.

"이 사람을 본 적 있습니까?"

아키타가 사진을 꺼냈다. 증명사진을 크게 확대한 듯한, 양복 차림의 남자 사진이었다. 머리카락은 짧고 눈썹은 가늘다. 시간을 오래 들여 기억을 더듬었지만 역시 모르는 남자였다.

"누군데요?"

기요세의 질문에 아키타는 "아니, 좀" 하고 얼버무린 채로 입을 다물었다. 대답할 수 없다는 뜻일까?

"마쓰키나 이쓰키 씨하고 무슨 관계가 있는 거죠?"

질문을 바꾸어보았다. 어느새 기요세 옆에 앉아 있던 시노가 "기요세, 만난 적은 있는데 그냥 잊은 거 아니야? 뭔가 힌트를 들으면 기억날지도 모르는데"라고 끼어들었다. 뒤쪽은 아키타를 쳐다보면서 하는 말이었다.

"이와이 이쓰키 씨와 마쓰키 게이타 씨의 상처는 서로 싸워서 입은 부상이 아닙니다."

무거운 한숨을 토해 낸 아키타가 시노와 기요세의 얼굴을 번갈아 바라보며 이야기하기 시작했다. 방범 카메라 영상으로 그렇게 판단했다고 한다.

"현장에 또 한 명이 있었습니다. 두 사람을 일방적으로 폭행한 인물이."

"그게, 이 작자란 말인가요?"

시노가 사진을 가리켰다. 아키타는 대답하지 않았지만 부정하지도 않았다.

사건을 수사하는 과정에서 누구에게 어디까지는 말해도 되고 어디까지는 말하면 안 된다, 그런 규칙이 많은 걸까? 아키타는 좀처럼 핵심을 알려주지 않았다.

애가 탔지만 동시에 마음이 놓이기도 했다. 이쓰키의 부상은 마쓰키가 입힌 게 아니었다. 마쓰키는 폭력을 휘두르는 사람이 아니었다.

거기까지 생각하니 한 가지 의문에 도달했다.

"마오 씨는 보지 못한 건가요? 이 남자를?"

마오 씨는 두 사람이 육교 위에서 몸싸움을 벌였다고 했다. 그때까지는 누구인지 몰랐다고 할 정도니 제법 거리가 있었으리라. 엎치락뒤치락하는 세 사람을 둘로 착각한 걸까?

"고타키라는 남자입니다."

아키타가 불쑥 말했다. 뭔가 결심한 듯 고개를 꼿꼿이 들고.

"고타키는 6월 중순까지 스가이 마오 씨와 동거하고

있었습니다."

기요세와 시노의 "네?" 하는 목소리가 하모니를 이루었다.

"마오 씨는 이쓰키 씨와 사귀고 있다고 들었는데요."

"스가이 마오 씨가 고타키 류지의 맨션에서 나와 이와이 씨 자택으로 들어간 게 6월 중순입니다. 고타키는 그저께 사건 후에 자택 맨션으로 돌아갔다가 그로부터 한 시간 뒤 커다란 가방을 들고 맨션을 빠져나가는 모습이 방범 카메라에 찍혔습니다. 지금은 회사를 무단결근 중인데 행방을 알 수가 없습니다."

그리고, 라면서 아키타는 잠시 망설이듯 시선을 떨어뜨리더니 고타키의 방에서 이게, 하고 비닐봉지에 든 영수증을 꺼냈다.

클로세트의 영수증이다. 아키타가 뒷면으로 돌리자 '하라다 기요세'라고 적혀 있었다. 갑자기 튀어나온 자기 이름에 놀라서 심장이 펄떡거렸다.

대충 휘갈겨 쓴 글씨. 영수증 날짜는 6월 26일 금요일, 런치세트 1인이라고 찍혀 있다.

"고타키의 방 쓰레기통에서 발견했습니다."

"제가 응대했던 걸까요⋯⋯. 기억은 안 나는데."

매일 수많은 손님들이 온다. 얼굴을 뚫어져라 쳐다보는 건 아니니까 어지간히 특징적인 외모가 아니고서야 기억하지 못한다.

아키타는 이해한다는 듯이 고개를 크게 끄덕거렸다. 기요세는 기억하지 못하지만 이 남자는 기요세의 존재를 알고 있다. 클로셰트 직원은 모두 근무시간에 성명이 적힌 이름표를 달고 있다. 그래야 긴장을 풀지 않고 손님을 대한다는 사장의 방침에 따른 것인데, 사생활 보호도 모르느냐고 종업원들에게는 평판이 나쁘다. 점원의 이름을 검색해서 SNS나 거주지를 찾아내는 손님도 여태 몇 번이나 있었는데.

고타키는 어째서 기요세의 이름을 영수증에 메모했을까? 콕 집어서 클레임을 넣으려고 적어두었을 가능성도 있지만, 기요세가 기억하는 한 심각한 트러블은 없었다.

"조심하세요."

돌아가는 길에 아키타가 진지한 표정으로 말했다. 고타키는 두 번 체포된 이력이 있다고 했다.

첫 번째는 음식점에서 당시 사귀던 여성과 말다툼

을 벌이다가 구타해서 골절상을 입혔다. 두 번째는 친구들 사이의 금전 문제로, 상대에게 전치 2개월의 부상을 입혔다. 두 번 다 불기소처분으로 끝나 전과는 남지 않았다.

"조심하라고 해도 어쩌란 거지."

결국 아키타가 손도 대지 않은 홍차 잔을 치우며 시노가 한숨을 쉬었다.

"그러게 말이야. 보디가드라도 고용할까?"

웃으려 했지만 실패했다. 마쓰키와 이쓰키 씨에게 부상을 입힌 남자가 일방적으로 자기를 알고 있다고 생각하니 오싹했다. 문 자물쇠의 도어체인을 확인하고 커튼을 꼭꼭 닫았다.

"상황을 정리해 보자."

수첩을 펼쳐 '마쓰키 게이타', '이와이 이쓰키', '스가이 마오', '고타키', '하라다 기요세'라고 적어 보았다. 마쓰키와 이쓰키 씨 이름을 선으로 긋고 '친구'라고 적어넣는다. 마오 씨와 고타키를 선으로 잇고 '동거'라고 적었다. '동거'의 한자가 생각나지 않는다.

시노가 자기 펜을 꺼내서 "그리고 여기가 이렇게 되

고” 하며 ‘동거’에 ×를 그었다. 마오 씨와 이쓰키 씨의 이름을 연결한다.

“이번에는 이쪽이 결합한 거군. 그리고 이 인간은 이 두 사람에게 폭력을 휘둘렀다?”

고타키의 이름에서 마쓰키와 이쓰키 씨 이름 쪽으로 화살표가 두 줄 뻗어 나왔다.

“애인을 빼앗겨서 복수?”

시노가 팔짱을 끼고 심각한 표정을 지었다.

“그건 알겠는데, 왜 마쓰키까지?”

“우연히 같이 있었을 뿐이라거나?”

“애초에 어째서 고타키 류지가 내 이름을 적은 영수증을 갖고 있었던 걸까?”

“바로 그거야. 그 점을 잘 모르겠단 말이지.”

마쓰키의 방에 있던 공책에는 ‘스가이 마오(菅井天晋)’라는 한자 네 글자가 몇 번이고 적혀 있었다. 쉽게 외워보려고 했는지 ‘一＋大＝天’이라고 한자를 분해하거나, 그림을 조합해 외우려 한 과정이 눈에 보였다.

공책 뒤쪽 페이지에는 편지 초안 같은 글귀가 잔뜩 있었다. 마쓰키가 시범으로 써주면 그것을 이쓰키 씨가 따라 썼던 것 같다.

　'단어를 하나 배울 때마다 당신의 세상에는 새로운
등불이 켜져요.'

　아무 맥락도 없이 《깊은 밤의 강》에서 글귀 하나가
떠올랐다. 니나의 편지에 있는 말이었다. 그것이 니나가
보낸 마지막 편지였고, 그 무렵의 '나'는 '이제는 그 누구
의 손도 빌리지 않고 그녀의 편지를 읽을 수 있다'고 적
는다. '나'에게는 이미 새로운 연인이 있다. 하얀 담요를
둘둘 말아 만든 개가 아니라, 진짜 커다란 갈색 개도 키
우고 있다.
　마오 씨는 그 책을 좋아한다고 말했다. 그래서 이쓰
키 씨는 그 주인공처럼 그녀에게 편지를 보냈던 걸까?
　만약 마오 씨가 이쓰키 씨의 세상에 등불을 늘려주
고 싶었던 거라면. 그리고 이쓰키 씨는 그 마음에 답하
려 했고, 마쓰키는 그런 친구를 도왔던 거라면.
　자신은 그것을 멋대로 착각해 난리를 피웠다. 그런
뜻이 된다. 핏기가 가시는 것을 느꼈다. 나는 마쓰키와

이쓰키 씨의 비밀만 폭로한 게 아니라, 마오 씨와 이쓰키 씨 사이에 있던 소중한 감정을 짓밟은 것이다.

시노가 마쓰키의 이름과 기요세의 이름을 선으로 그었다. 다른 선보다 굵고, 곧은 선으로.

"기요세, 넌 지금 어쩌고 싶어?"

그때 "약속했으니 말할 수 없다"는 마쓰키의 주장을 받아들였더라면 지금쯤 어떻게 되었을까? 그렇게 말할 정도니 어지간히 중요한 사정이 있을 거라고 상대 입장을 존중해 주었다면 혹시 마쓰키는 지금쯤 무사하지 않았을까, 그런 생각마저 든다.

"사과하고 싶어. 내가 저지른 짓도, 마쓰키의 진짜 모습을 알려고 하지 않은 것도."

시노는 팔짱을 끼더니 조용히 고개를 저었다.

"나는 '알고 보면 좋은 사람'이나 '알고 보면 나쁜 사람' 같은 표현이 싫어."

시노의 이야기가 향하는 방향을 알 수 없어 기요세는 입을 다물고 있었다.

"진짜 자기 본질이라니, 그렇게 확고한 걸 가진 사람은 아무도 없어. 좋은 부분과 나쁜 부분이 그때그때 컨디션에 따라 짙어지거나 옅어질 뿐이야."

"컨디션?"

"그래. 다들 졸릴 때는 흐리멍덩해지고, 배가 고플 때
는 짜증을 내잖아. 모두 충족되었을 때는 남에게 관대해
지거나, 뭔가에 몰두했을 때는 남에게 무관심해지거나."

"아, 응. 그렇긴 해."

"가령 나는 착실한 사람이 되고 싶지만."

"시노는 착실하잖아."

"고마워. 하지만 내 마음이 이끄는 대로, 내키는 대
로 살면 나는 분명 착실한 사람이 못 될 거야. 실은 교활
한 마음도, 탐욕스러운 마음도 많은걸. 뭔가를 할 때는
항상 '어떤 게 착실한 태도일까? 착실한 행동일까? 착실
한 발언일까?' 고민하면서 선택해. 가끔 무리도 하고, 참
는 일도 많아. 하지만 그게 나를 거짓으로 꾸미는 행위
라고는 생각하지 않아."

그러니까 무슨 말을 하고 싶은가 하면, 하고 시노가
헛기침을 했다.

"기요세가 마쓰키를 판단할 수 있는 근거가, 마쓰키
가 지금까지 보여준 행동뿐이라는 말이야. 마쓰키가 수

상한 행동을 했으니까 너도 의심을 한 거야. 그저 그뿐 아닐까?"

고마워. 기요세는 눈길을 떨어뜨렸다. 시노는 누가 뭐래도 친구니까, 자연히 기요세 편을 들게 된다. 게다가 행동으로만 사람을 판단할 수 있다면 분명 마쓰키의 눈에 비친 기요세가 더 끔찍했을 것이다. 얼마나 이기적이고 오만한 사람으로 보였을까?

"별것 없네. 나 슬슬 배고픈데."

정신을 차리니 시노는 냉장고를 들여다보고 있었다.

"뭐라도 사러 갈래?"

"다시 밖에 나가는 것도 좀. 아, 달걀이 있네. 햄도. 게다가 좋은 제품인데?"

"그거, 전에 부모님 댁에서 받아 온 거야. 깜빡했다."

"빵가루는? 있을 리 없나. 아, 하지만 얼려둔 식빵이 있네."

튀김옷을 입혀서 기름에 튀기면 대개 뭐든 맛있어진다는, 헐렁한 건지 바지런한 건지 모를 시노의 지시에 따라 기요세는 얼려둔 빵을 강판으로 갈았다.

"가만히 앉아서 고민만 하면 우울한 생각밖에 안 떠

올라. 고민은 몸을 움직여가면서 하라고 우리 엄마가 그랬어."

시노의 집에는 몇 번 놀러 간 적이 있다. 저녁이 되면 시노와 똑같이 생긴 활달한 어머니가 퇴근하고 돌아와 후딱 뭔가 만들어서 내주었다. 프렌치토스트나 구운 주먹밥을. 그러고 보니 시노의 어머니가 가만히 앉아 있는 모습은 한 번도 보지 못했다. 기억 속 그녀는 언제나 무언가를 문지르거나 닦고 있었다. 집 안 곳곳이 반짝반짝했다. 깔끔한 걸 좋아하는 줄 알았는데, 머릿속을 정리하려고 계속 움직였던 걸까? 어른이 되니 고민해야 할 일들이 많다. 이 나이가 되어서야 겨우 이해했다.

냉장고에서 꺼낸 어육 소시지와 햄, 카망베르치즈, 반달 모양으로 썬 양파, 통조림 버섯에 튀김옷을 입혀 차례로 튀겨냈다. 기름에 잠긴 재료들은 작은 거품을 잔뜩 토해 내며 이윽고 훌쩍 표면으로 떠올랐다. 뒤집으니 황금색으로 익어 있었다.

접시에 가득 담은 튀김을 "이건 살찌겠네", "살찔 거야", "어쩌지?", "어쩌나" 하고 종알거리면서 먹어 치우며 캔 맥주를 순식간에 비웠다.

식사를 하면서 아까 시노가 했던 말을 다시 한번 곱씹었다. 행동이 그 사람의 판단 재료가 되는 측면은 분명 있고, 그렇게 받아들일 수 있는 시노는 대단하다고 생각했다. 하지만 자꾸 남이 하는 행동의 표면적인 부분만 보고 판단하면 언젠가 중요한 걸 오판할 때도 있지 않을까?

마오 씨는 지금까지 한 번도 고타키 이야기를 하지 않았다. 물론 전에 사귀던 남자 이야기를 내게 해줄 정도로 친한 사이는 아니니 전혀 이상한 일은 아니다. 하지만 경찰에 말하지 않은 것은 이상하다. 아니, 말했나? 말했기 때문에 아키타가 고타키의 존재를 알아낸 걸까? 기요세는 아무래도 이번 일의 전체 그림이 보이지 않았다.

마음에 걸리는 일은 처음 만났을 때 "이쓰키 씨가 맞은 흔적이 더 많았다", "마쓰키 씨 잘못"이라고 기요세에게 단언한 것이다. 그건 대체 무슨 뜻이었을까? 육교에서 몸싸움을 벌이는 사람들을 발견했을 때는 머릿수까지는 몰랐던 걸까? 그때는 그녀도 경황이 없었던 걸까?

"내일, 마오 씨하고 얘기해 볼래."

그렇게 선언하고 양파튀김을 베어 물었다. 바삭, 경

쾌한 소리와 함께 기름이 입술을 적셨다. 시노는 "그래. 힘내"라고 끄덕거리더니 두 번째 맥주를 땄다.

이야기를 해보기로 결심한 건 좋은데 기요세는 마오 씨의 연락처를 몰랐다. 9시에 이와이 도시락에 가니 이와이 씨가 "병원에 간 지 한참 됐다"고 알려주었다. 재료 준비가 한창인지 주방에서 채소를 볶는 향긋하고 달착지근한 향기가 흘러나왔다.

"그런가요. 그럼 저도 병원에 가볼게요."

"그래요. 지금, 마쓰키 상태는 어때요?"

의식이 돌아왔으면 바로 연락이 올 텐데 아직은 연락이 없다. 이쓰키 씨도 똑같은 상태인 것 같았다.

면회 시간은 '30분 이내'로 제한된다. 지금 간다고 운 좋게 마오 씨를 만난다는 보장은 없다. 그래도 일단 가보자고 발걸음을 돌렸을 때, 이와이 씨가 불러세웠다.

"당신, 저기."

"하라다입니다. 하라다 기요세."

"맞다, 그랬지, 하라다 씨. 미안해요. 금방 잊는다니까. 아침 식사는 했어요? 아직? 아, 그럼 주먹밥 좀 가져가요."

큼직한 판매용 주먹밥을 두 개, 대충 집어서 봉투에 담는다. 지갑을 꺼내려 하자 "됐어요, 됐어" 하고 봉투를 내밀었다.

"먹어요. 우리 집 주먹밥, 맛있어."

"고맙습니다."

몇 번이나 고개를 숙이고 걸음을 떼면서 이와이 씨가 대단하다는 생각을 했다. 아들이 저렇게 되어 힘든 상황 속에서도 나 같은 타인의 허기를 걱정해 주다니, 그것만으로 눈물이 날 것 같았다.

울면서 걷기는 부끄러우니 마스크 속에서 혀도 내밀어 보고, 눈도 껌뻑거려 보며 눈물이 멈춘다는 온갖 방법을 시도해 보았지만 그래도 조금 흘러나왔다. 부직포 마스크는 눈물을 흡수해 주지 않는다. 눈 밑에 맺힌 작은 물방울을 가만히 손가락으로 닦았다.

병원에 도착해 입구에서 손을 소독하고 이마로 체온을 쟀다.

이쓰키 씨가 잠들어 있는 침대는 커튼이 닫혀 있었다. 마오 씨는 방금 전까지 있었는데, 기요세와 교대하듯 한발 먼저 나갔다고 한다.

집중치료실 한복판에서 의사와 간호사가 바삐 돌아
다니는 모습이 보였다. 마쓰키의 침대는 이쓰키 씨하고
떨어진 출입구 근처에 있었다.

마쓰키는 여전히 창백한 얼굴로 잠들어 있다. 곁에
서서 "마쓰키" 하고 이름을 불렀다. 입가가 순간 움찔 떨
린 것 같았다.

"마쓰키."

다시 큰 소리로 불러보았다.

"마쓰키. 일어나."

마쓰키의 눈꺼풀이 희미하게 떨렸지만 눈을 뜨지는
않았다. 언제까지고 여기 있을 수도 없어 기요세는 병실
에서 나왔다.

전에 식당에서 마오 씨와 마주친 일을 떠올리고 그
쪽에도 가보았지만 거기에도 없었다. 닮은 사람이 외래
대기실을 가로지른 것 같아 서둘러 뒤를 쫓았다.

하얀 원피스에 하나로 묶은 머리카락. 몇 미터 거리
까지 따라잡고 보니 마오 씨 본인이 확실했다.

뭔가를 찾는 눈치였다. 고개를 좌우로 돌리며 천천

히 걷고 있다. 그러다가 갑자기 걸음을 서두르더니 똑바로 쓰레기통으로 다가갔다.

그녀에게 다가가려던 기요세를 휠체어를 탄 남자가 가로막았다. 휠체어가 지나가기를 기다리는 사이 마오 씨는 쓰레기통 옆을 지나 출구 쪽으로 걸어갔다.

외래 환자가 어지간히 많았는지, 아니면 미화원이 바빠서 손쓸 틈이 없었는지, 덮개가 달린 쓰레기통은 넘쳐나고 있었다. 그래서 기요세는 마오 씨가 버린 물건을 금방 찾을 수 있었다.

고무줄로 묶은 봉투에 초등학생이 열심히 쓴 듯한 글씨로 '스가이 마오 님'이라고 적혀 있다. 편지 다발은 구겨진 종이컵과 뭔지 모를 휴지 뭉치 사이에 처박혀 있었다.

떨리는 손으로 꺼내서 뒤집어 보니 '이와이 이쓰키'라는 서명이 보였다. 종이컵에 마시다 만 커피라도 들어 있었는지 봉투 끝이 갈색으로 젖어 있었다.

봉투 묶음을 움켜쥐고 병원에서 나간 마오 씨의 뒤를 쫓아갔다. 마오 씨는 횡단보도 바로 앞에서 눈이 부시다는 듯 손으로 이마를 가리고 있었다. 달려가서 말없이 그 어깨를 붙잡았다. 무심코 건드리면 부러질 것처럼 가녀린 어깨. 하지만 지금은 그런 걸 신경 써줄 여유가 없었다.

겁먹은 눈치로 뒤를 돌아본 마오 씨가 기요세를 보고 눈썹을 잔뜩 찌푸렸다.

"왜 버렸어요?"

이 편지, 하고 들이대자 마오 씨가 깜짝 놀란 듯 눈을 크게 떴다.

"쓰레기통을 뒤졌어요? 어머나, 더러워······."

"왜 버렸느냐고 묻잖아요!"

어떻게 해도 큰소리가 나왔다. 타들어 가는 태양이 구름 뒤로 숨자 공기의 색이 달라졌다. 그와 동시에 마오 씨의 표정도 미묘하게 변했다.

"당신하고 무슨 상관이죠?"

이젠 필요 없으니까. 그렇게 내뱉듯 말한다. 뜻을 이해하지 못하고 되물었다.

"이젠 필요 없다니까요. 그렇잖아요, 이쓰키 씨, 이대로 의식이 돌아오지 않을 가능성도 있잖아요. 그래서 그만 헤어지려고요. 그 편지도, 이제 필요 없어요."

"필요 없다? 그게 무슨 뜻이죠? 이것 봐요, 이쓰키 씨는 당신을 위해 글을……."

끝까지 말하지 못했다. 마오 씨가 손바닥으로 어깨를 밀쳤다는 것을 이해하느라 몇 초가 걸렸다. 뒤로 쓰러질 뻔했지만 겨우 힘을 주고 버텼다.

"나하고 이쓰키 씨 문제예요. 왜 당신이 참견해요?"

"고타키라는 사람."

기요세가 떨리는 목소리로 중얼거리자 마오 씨가 한쪽 눈썹을 씰룩거렸다.

"경찰에게 들었어요. 두 사람을 다치게 한 건, 육교에서 떨어뜨려 다치게 한 건, 사실은 그 사람 아닌가요? 마오 씨, 사실은 봤……."

"몰라!"

마오 씨가 얼어붙은 표정으로 소리쳤다.

"아무것도 몰라. 그 인간이 멋대로 저지른 일이야. 고타키하고 직접 담판을 짓겠다느니 뭐라느니."

그 인간이란 이쓰키 씨를 말하는 걸까? '그 인간'이라고 말하는 마오 씨의 날카로운 말투에 기요세는 움츠러들었다. 고타키와 직접 담판을 짓겠다. 그렇다면 육교 위에서 두 사람을 폭행한 것은 역시 고타키일까? 마오 씨는 그걸 알면서 거짓말을 한 걸까?

"어째서? 이쓰키 씨는 당신을 위해서."

편지를 쓴 것도, 고타키와 맞선 것도, 전부 마오 씨를 위한 행동이 아니었던가?

"나를 위한 행동이라고 하면, 내가 항상 고마워해야 하나요?"

그건, 하고 반박하려던 기요세는 우물거렸다. 애초에 이쓰키 씨의 모든 행동이 전부 마오 씨를 위한 일이었다는 것은 기요세의 추측일 뿐이다.

"앞으로 평생을 바쳐 의식불명인 남자에게 감사하고, 은혜를 갚으란 말인가요? 그만 좀 해요."

마오 씨는 거기서 말을 끊더니 기요세의 손에서 편지 다발을 낚아채 얼굴 옆에서 좌우로 흔들었다.

"이쓰키 씨는 불쌍한 여자를 좋아하는 거예요. 그 사람만 그런 게 아니야. 불쌍한 여자에게 손을 내밀고 싶어 하는 남자가 얼마나 많은데. 왜 그런지 알아요? 자신이 없어서 그런 거예요."

이런 식으로도 말하는 사람이었구나. 머리 한구석

에서 그렇게 생각했다. 항상 '어딘가 꿍꿍이가 있을 것' 같았다. 무슨 이야기를 해도 사실이 아닌 것처럼 들렸다. 하지만 지금은 분명 진심을 말하고 있다. 꾸밈없는, 피맺힌 상처 같은 목소리였다.

"자기한테 자신감이 없으니까 굽어볼 수 있는 여자를 좋아하는 거예요. 불쌍하구나, 내가 지켜줄게 하고 비호하고 싶은 거죠. 자기가 강하고 너그러운 남자가 된 것 같아서 기분 좋겠죠. 저는 이쓰키 씨에게 최고로 이상적인 여자였을 거예요. 불쌍하고 약하고, 가진 게 아무것도 없고."

상처 같은 목소리로 마오 씨는 "하하!" 하고 웃었다. 아니, 하고 반박하는 목소리가 갈라졌다. 아니, 그렇지 않다고 말해야 했다. 하지만 도저히 말할 수 없었다.

"그 사람, 글을 제대로 쓸 줄 몰라요, 알고 있었나요? 도시락을 사러 갔을 때 악필로 메모를 쓰고 있었는데, 제가 보니까 부끄럽다는 듯 손으로 가리더군요. 전에도 그런 사람을 본 적이 있어서 바로 알아차렸어요. 남에게 들키기 싫은 약점을 가진 남자는 이용하기 쉽거든."

"이용이라니."

"반드시 고타키에게서 마오 씨를 지킬 거야, 그런 말도 하더군요. 자아도취 남자라니, 정말 질색이야."

기요세는 바람에 헝클어진 머리카락을 가다듬는 마오 씨를 멍하니 바라보았다. 이런 얼굴이었나? 이런 목소리였나? 나는 대체 지금까지 이 사람의 무엇을 봤던 걸까?

"마오 씨는 이쓰키 씨를 이용하려 했던 건가요?"

"그래요. 안 되나요? 딱히 이쓰키 씨에게서 큰돈을 뜯어낸 것도 아니잖아요. 그저 잠깐 살 곳을 빌렸을 뿐……. 그 눈빛은 뭐죠? '연인하고 진지하고 대등하게 사귀고 있는 저는 못 믿겠어요', 이런 건가요?"

마오 씨가 짧은 숨을 토하더니 기요세를 노려보았다.

"이봐요, 말해 두겠는데 당신이 남자를 이용하지 않고 살 수 있는 건, 당신이 나보다 잘나서 그런 게 아니야. 그저 나보다 운이 좋았을 뿐. 운 좋게 멀쩡한 집에서 태어나고 자라서, 친구도 있고 직업도 있고, 운 좋게 순조롭게 살아왔을 뿐. 그저 조금 운이 좋았을 뿐이면서 잘난 척 길거리에서 설교할 셈이야?"

마오 씨가 어깨를 쿡쿡 찔러대는 바람에 놀라서 숨을 삼켰다. 목소리가 나오지 않는다. 분노와, 그것을 능

가하는 공포로 목구멍이 오그라들었다.

"당신이 싫어."

칼날을 내리꽂는 듯한 목소리였다.

"처음 봤을 때부터 싫었어. 당신 같은 여자는 남자 다음으로 싫어."

이렇게 날이 더운데도 마오 씨는 땀 한 방울 흘리지 않았다. 기요세의 관자놀이와 등줄기에는 쉴 새 없이 땀이 흘러내리는데.

전자음이 들렸다. 마오 씨가 어깨에 멘 가방 속에서. 이런 상황에서 듣기에는 너무 태평하게 경쾌한 소리였다. 하지만 마오 씨는 기요세를 싸늘하게 노려본 채로 전화를 받으려 하지 않았다.

그 전자음이 멈추자마자 이번에는 기요세의 스마트폰이 진동하기 시작했다. '이와이 씨'라는 표시가 떴다.

"여보세요."

"하라다 씨? 지금 어디?"

왠지 다급한 목소리였다. 마오 씨에게서 눈을 떼지 않고 기요세는 "병원 바로 근처예요"라고 대답했다.

"마오는? 혹시 같이 있어요?"

있어요, 라고 대답한 순간 보행자 신호가 파란불로 바뀌어 마오 씨가 횡단보도를 건너갔다. 잠깐 기다리라고 불러세우려 했지만 말할 수 없었다. 그 뒤에 이어진 이와이 씨의 말에 기요세의 세계에서 모든 소리가 사라졌다.

"이쓰키가 의식을 되찾았대요."

오열 섞인 그 목소리만 귓가에 맴돈다. 기요세는 마오 씨를 그대로 놓치고 말았다.

Chapter 7

2020
July

23

Thu.

7월 23일의 마쓰키 게이타

　널찍한 대형마트에서는 비교적 작아 보였던 화이트
보드가 막상 자취집에 설치하고 보니 우스울 정도로 컸
다. 창문이 완전히 가려서 실내가 단숨에 어두워졌다.

　"뭔가 어색하네."

　"그렇지, 뭐."

　잇 짱과 함께 나란히 화이트보드를 바라보았다. 지
난 휴일에는 둘이서 화이트보드를 사러 갔다가 설치하
는 데만 하루를 날렸다. 아니 '그것만'은 아니었을지도 모른다. 마트 반려동물 코너에서 열대어 수족관을 바라보거나 용도를 알 수 없는 아이디어 상품을 들고 둘이서 이것저것 떠들기도 했다.

화이트보드를 쓰자는 생각을 한 것은 마쓰키였다. 몇 달 전에 비하면 제법 글자가 모양새를 갖추었지만 한자는 아직 멀었다.

이상한 점은 획수가 적다고 잘 외운다거나 많다고 못 외우는 것이 아니라는 점이었다.

'쓸 서(書)'라는 한자는 비교적 금방 외웠는데 '만날 회(会)'라는 한자와 '이제 금(今)'이라는 글자는 매번 틀린다. 마쓰키가 '지붕 밑에서 만나는 가타카나 니(二)하고 무(ム), 라라라(ラララ) 노래하며 지금 이 순간을 살아간다'는 암기법을 고안해 냈지만 별 효과는 없는 것 같았다.

"전부터 생각했는데 마쓰키가 생각해 내는 암기법, 하나같이 촌스러워. 열심히 아이디어를 내줘서 고맙긴 한데."

"암기가 목적이니 촌스러워도 돼."

반론하면서도 속으로는 잇 짱에게 동의했다. 역시

설명도 그림도 서툴러서 마음대로 안 되는 걸까. 요즘 말만 하면 꼭 싸우게 되는 기요세의 얼굴을 떠올렸다. 5월쯤 메시지로 보낸 퍼그 아저씨 이야기는 마쓰키 혼신의 역작이었는데 반응은 시원치 않았다.

잇 짱에게는 "기요세하고는 시시한 일로 싸웠다가 못 풀고 있다"고 설명했다. 잇 짱에 대해 털어놓지 않은 탓에 사이가 틀어졌다고 하면 책임을 느낄 테니까.

"하지만 잇 짱, 둘 다 일상적으로 쓰는 한자니 어떻게든 외워보자."

"물론이지. 맞아. 그래, 힘낼게."

진지한 얼굴로 끄덕이는 잇 짱에게 시범을 보여주려고 두 개의 글자를 화이트보드에 큼직하게 썼다.

초등학교에서도 중학교에서도 잇 짱은 칠판에 글씨를 쓸 기회를 계속 회피해 왔다. 교사들은 글씨가 엉망이라거나 악필이라고 야단을 치거나, 심할 때는 "장난치지 말라"며 기껏 쓴 글자를 전부 지워버리기도 했다. 그런 일이 반복되다 보니 잇 짱은 아는 문제도 대답을 하지 않게 되었다.

내 기억이 맞는다면 초등학교 졸업 문집에도 잇 짱

이 쓴 글은 실리지 않았다. 담임이 몇 번이나 타일러도 고집스레 제출하려 하지 않았다. 마쓰키는 자기가 무슨 글을 썼는지는 기억하지 못하지만 잇 짱의 페이지에 그림이 실려 있던 것만은 똑똑히 기억하고 있다.

"하지만 마오 씨한테는 이제 편지 안 써도 되잖아? 그래도 계속 공부할 거야?"

마오는 잇 짱이 고심 끝에 꺼낸 "우리 집에서 살지 않겠느냐"는 제안에 놀랍도록 흔쾌히 응했고, 며칠 뒤에는 커다란 가방을 들고 집으로 찾아왔다고 한다.

잇 짱의 어머니는 "곤경에 처한 사람은 도와줘야지"라며 이것저것 돌봐주고 있다고 한다. 한집에 사는데 펜팔을 하는 것도 이상하다고 해서 편지 교환은 그만두게 되었다.

"편지는 이제 안 쓰지만 글자 공부는 계속하고 싶어. 마쓰키 너한테는 폐를 끼치겠지만."

"폐라니, 그렇지 않아."

"고마워. 나 말이야, 글을 조금 더 잘 쓰게 되면."

드러누워 있던 잇 짱이 천장을 바라보며 말했다. 살짝, 쑥스러운 듯이.

"어버이날 카드를 써볼까 봐. 해마다 꽃만 주고 말았는데."

"좋은데?"

마쓰키는 한 번도 어머니에게 꽃을 보내본 적이 없다.

다른 사람들처럼 평범하게 글을 쓰고 싶다. 글을 쓸 기회에서 몰래 도망 다니는, 그런 짓은 이제 하고 싶지 않다. 잇 짱의 결심은 굳건했다. 분명 마오에게 보내는 편지는 단순히 계기에 지나지 않았으니 공부는 계속할 필요가 있다. 그렇다, 그러려고 화이트보드도 사지 않았던가.

"글자 공부, 열심히 해보자."

"응. 열심히 할 거야."

모든 사람이 자기가 서툰 분야를 대다수를 차지하는 다른 사람들과 똑같이 할 필요는 없다. 그래도 부족함을 극복하고 싶다면 그 대다수와는 다른 방식으로 접근해야 한다.

정보를 습득할 때 글자로 읽는 게 머릿속에 가장 잘 들어오는 사람이 있다. 영상으로 봐야 잘 기억하는 사람도 있고, 음성만 듣는 게 좋다는 사람도 있다. 어느 타입이 더 뛰어나다고 할 수는 없다.

바꿀 수 없는 절대적인 방식이 있고 거기에 사람들이 맞출 수밖에 없다는 건 주객전도다.

"그런데 그 고타키란 남자하고는 헤어진 거야?"

"마오 씨는 괜찮다고 했는데."

"괜찮다니 무슨 소리야? 헤어진 거야, 안 헤어진 거야?"

꼬치꼬치 물어보니 마오는 고타키가 일하러 간 사이에 몰래 짐을 싸서 나왔다고 한다. 문자는 차단하고 전화도 수신 거부로 설정했다는 게 '괜찮다'는 근거라는데, 아무리 생각해도 괜찮을 것 같지 않았다.

고타키는 딱 한 번 바에서 마주쳤을 뿐인 마쓰키의 얼굴을 기억했을뿐더러 접촉까지 해온 남자다. 상당히 조심성 많고 끈질긴 성격일 것 같았다. 자기 사람이라고 생각했던 여자가 멋대로 모습을 감추면 조심성 많고 끈질긴 남자는 대체 어떤 행동을 취할까?

잇 짱은 "내가 마오 씨를 지킬 거야. 걱정 없어"라며 씩씩하게 한 손을 휘둘렀지만 표정은 어두웠다.

"그렇구나."

마쓰키는 시선을 돌리고 화이트보드 위치를 조정했

다. 뺨에 강한 시선을 느꼈다. 고개를 돌리니 잇 짱이 뭔가 말하고 싶은 눈치였다.

"실은."

"응."

그리고 두 번 더 "실은"을 되풀이했지만 마쓰키는 끈질기게 뒷말을 기다렸다.

"어제 말이야, 마오 씨가 '저희, 이제부터 사귀는 거죠?'라고 했는데."

시큰둥하게 대꾸한 목소리가 생각보다 더 냉담하게 들려 황급히 "잘됐네"라고 덧붙였다.

"잘된 걸까?"

떨떠름한 표정의 잇 짱을 뚫어져라 쳐다보았다.

"어, 무슨 뜻이야? 너도 그 사람을 좋아하는 거 아니야?"

"좋아해."

목소리에 열기가 깃들었다.

"마오 씨는 당연히 좋아해. 하지만 마오 씨가 나를 좋아하는 것 같지는 않아. 그건, 그냥 알 수 있어."

잇 짱은 마오가 도움에 대한 대가로 연인이 되겠다

고 제안한 거라며 걱정하고 있었다. 다시 말해, 눈치를 보는 거라고.

'마오는 잇 짱을 이용하려고 접근한 게 아닌가'라고 의심하는 자신과는 너무 다른 모습에 마쓰키는 작게 신음했다. 사람이 너무 좋은 걸까, 마오에 대한 연심 때문에 진실이 눈에 보이지 않는 걸까, 아니면 둘 다인 걸까.

"뭐, 만약에, 만약에 말이야, 그런 이유로 사귀자고 했어도 사귀다 보면 마오 씨가 잇 짱의 장점을 알아가고 정말 좋아하게 될 가능성도 있잖아."

말하면서도 그것이 자신의 바람이라는 걸 마쓰키도 알고 있었다. 잇 짱의 성실한 애정을 경험하고 감동한 마오가 자기도 모르는 사이에 진심으로 잇 짱을 사랑하게 된다. 그렇게 아름다운 해피엔딩을 거의 기도하듯 바랐다.

"그렇게 되면 기쁘겠지만 그건 왠지 교활한 것 같아. 마오 씨의 약점을 이용하는 것 같아서 싫어."

잇 짱은 떨떠름한 표정이지만 양쪽이 완전히 똑같은 마음으로 교제를 시작하는 경우가 더 적다. 순수한 애정, 더군다나 마음의 크기가 서로 똑같은 경우는 상당히 드물다. 호의를 받은 쪽이 "뭐, 이 사람 정도면 되지",

"조건은 나쁘지 않네" 하고 타협하는 경우도 많을 테고, 혹은 옛 연인을 잊기 위해 새로운 만남을 찾는 경우도 있을 것이다.

"나는 말이야, 잇 짱하고는 조금 의견이 달라. 마오 씨가 잇 짱을 이용하고 있다고 생각하니까."

잇 짱이 눈썹을 움찔 치켜들었다. 어쩌면 이 이야기를 하면 두 사람의 우정에 균열이 생길지도 모른다. 그래도 말해야 한다. 놀라지 않는 것을 보면 잇 짱도 어렴풋이 그 가능성을 눈치채긴 했던 걸까?

잇 짱은 입술을 꾹 다물고 한참 말이 없다가 "이용당해도 좋아"라고 하더니 "마오 씨는 고향으로 돌아가지도 못하고, 오사카에는 달리 의지할 사람도 없어. 줄곧, 줄곧 불안하지 않았을까? 고타키도, 그전에 만난 남자도, 그때는 그 방법밖에 없었던 거야. 그걸 생각이 얕다거나 노력이 부족하다고 말하는 사람은 그런 상황에 처해보지 않아서 그래. 나는 그런 비판은 하기 싫어. 그 순간만 모면하며 살아가는 사람이 얼마나 많아? 응? 그렇지? 내게 이용 가치가 있다면 오히려 기뻐. 그래. 마쓰키 말이 맞아. 마오 씨는 나를 이용하면 돼"라고 단숨에 쏟아냈다.

"그런 뜻이 아니야"라고 말하고 싶었지만 말이 나오지 않았다. '그 순간만 모면'한다. 바로 잇 짱이 지금까지 살아온 모습이라고 생각했기 때문이다. 사람들 앞에서 글을 쓰지 않으려고 수많은 거짓말을 하면서.

잇 짱은 화이트보드에 천천히, 또 천천히 펜을 그었다. 지금(今)을 뜻하는 한자의 지붕이 서로 떨어져 있다. 잇 짱이 글씨를 쓸 때 붙어 있어야 할 선이 떨어져 있는 경우는 흔한 일이지만, 마쓰키는 그것이 너무나 불온한 전조처럼 느껴졌다.

초등학교 교실은 언제나 모래 냄새가 났다. 그것은 교정을 지나 불어오는 바람에 섞여 있던 냄새였을까, 아이들의 옷에 묻은 냄새였을까.

모래 냄새가 나는 교실에서 1학년이었던 마쓰키는 언제나 위축되어 있었다. 몸집도 작고 키 순서대로 서면 맨 앞이었다. 소극적이고 달리기도 느리고 구기종목도 서툴렀다. 덩치가 큰 동급생이 항상 소지품을 빼앗거나 재미 삼아 길을 막았고, 마쓰키는 그때마다 울었다.

홋카이도에서 태어나고 도쿄에서 자란 어머니는 오

사카에서 태어나 오사카에서 자라고 도쿄에서 취직한 아버지를 만나 결혼하고 마쓰키를 낳았다. 처음부터 아이가 싫었다, 하나면 족하다, 입버릇처럼 그렇게 말하던 어머니는 그럼에도 억지로 시조카를 떠맡게 되었다.

항상 지쳐 있었다. 마쓰키가 말을 걸면 항상 시끄럽다는 듯 손을 저어 쫓아내려 했다.

아버지는 어머니보다는 말을 붙이기 조금 쉬웠지만 아들에게 거는 기대가 너무 커서 지긋지긋했다. 마쓰키 본인과 아버지가 생각하는 이상적인 아들상이 너무 동떨어져서, 그 거리를 메울 방법을 도저히 알 수가 없었다.

초등학교 첫 학부모 참여 수업에 온 아버지는 '수업 시간에 손을 들지 않았다'는 이유로 마쓰키에게 "너한테는 실망했다"고 말했다. 누구보다 아들 편을 들어줘야 할 사람에게 실망했다는 말을 듣는 것보다 괴로운 일은 없다.

1학년 때부터 잇 짱은 덩치도 목소리도 컸다. 급식 당번을 하면 우유병이 든 상자를 솔선해서 들었고, 수업 시간에 농담을 해서 아이들의 웃음을 유발했다. 마쓰키가 누군가에게 놀림을 받고 있으면 냉큼 달려와서 항상 구해 주었다. 아무 말 없이 힘껏 손을 잡아끌어 그 자리에서 벗어나게 해주었다.

믿음직하고 다정하고 재미있는 잇 짱. 마쓰키에게 눈부신 존재였다. 하지만 저녁 하늘 풍경이 조금씩 바뀌듯 초등학생의 세계도 색이 바뀌어 갔다.

마쓰키는 3학년 끝자락부터 갑자기 키가 크기 시작해, 키 순서로 서도 더 이상 맨 앞에 서지 않았다. 달리기도, 줄넘기도, 뜀틀도, 요령을 배운 것도 아닌데 그냥 잘할 수 있게 되었다. 피구할 때 날아온 공도 피하지 않고 붙잡을 수 있었다. 주위에서는 '각성'이라고 불렀지만 그렇게 대단한 건 아니었다. 단순히 그때까지는 몸을 쓸 줄 몰랐을 뿐이었다.

몸을 움직이면 배가 고파진다. 급식을 먹는 속도도 빨라졌다. 공부는 원래 어렵지 않았지만 이과와 사회가 더해지니 즐거워졌다. 서예 수업에서는 당연히 늘 칭찬을 받았다. 더 이상 교실에서 움츠러들 필요가 없었다. 마쓰키가 모래 냄새를 의식하는 일은 이제 거의 없었다.

반대로 잇 짱은 점점 '문제아'로 인식되고 있었다. 활달하고 밝은 성격은 눈치 없는 성격으로 비쳤고, 몇 번을 말해도 숙제를 해 오지 않는 아이로 담임에게 골칫거리가 되었다. 운동은 여전히 잘했지만 더 이상 그것만으로 계속 인기를 차지할 수 있을 만큼 단순한 세계가 아니었다.

"이쓰키는 정성 들여 쓰지 않으니 글씨가 엉망인 거야."

5학년 때 담임이 넌더리가 난다는 표정으로 수업 중에 그렇게 말한 것을 마쓰키는 뚜렷하게 기억하고 있다. 그 순간에 흐름이 바뀐 것을 똑똑히 느꼈다. 모든 반 아이들에게 '이와이 이쓰키는 놀려도 된다'는 인식이 박힌 것이다.

하지만 잇 짱도 가만히 있지는 않았다. 반격이 지나쳐서 상대를 울리거나 싸움으로 번지는 경우도 있었다. 그때는 마쓰키도 가세했다. 맞으면 되받아쳤다.

어머니들은 몇 번이나 학교에 불려 갔다.

마쓰키의 어머니는 울었고, 잇 짱은 마지못해 어머니와 "두 번 다시 다른 아이를 때리지 않겠다"고 약속했다.

어느 날 마쓰키는 쉬는 시간에 화장실에 가려다가 반 아이들이 잇 짱을 에워싼 모습을 보았다.

"너, 자기 이름 한자로 쓸 줄 알아?"

"못 쓰겠지, 이 녀석 바보잖아."

그들은 층계참에 서 있었다. 비가 내려서 대부분의 아이들이 교실에서 놀고 있었다. 잇 짱을 에워싸고 있는 것은 시로사키, 고사카, 스미타니 세 사람이었다. 더 있었을지도 모르지만 이제는 잊어버렸다.

잇 짱은 말없이 고개를 숙이고 꾹 참고 있었다. 그 주먹이 부들부들 떨리는 게 아이들 틈새로 보였다. 잠자코 있는 잇 짱을 에워싼 그들은 점점 고삐가 풀렸다. 야, 1 더하기 1이 몇인지 알아? 왜 그래? 이제 말도 할 줄 몰라? 얼굴을 들여다보며 실실거리는 아이들은 그만둘 타이밍을 놓친 것 같기도 했다.

스미타니가 어깨를 쿡 찔러서 잇 짱이 비틀거렸다. 고사카가 그 흉내를 냈다. 폭소가 터졌고 이번에는 시로사키가 잇 짱을 떠밀었다. 벽에 부딪혀 게시판에 붙어 있던 그림이 구겨지고 모서리가 찢어졌다.

마쓰키는 그 사이로 뛰쳐나가 두 팔을 휘둘렀다. "그만해!"라고 외쳤던 것 같다. 그 후 몇십 초간 기억이 없다. 정신을 차리고 보니 시로사키가 계단 밑에 쓰러져 다리를 붙들고 울고 있었다.

"마쓰키가 시로사키를 떠밀었어요."

잇 짱을 제외한 세 사람이 그렇게 증언했다. 잇 짱은 "저를 도와주려고 버둥거리던 마쓰키의 팔이 우연히 시로사키에게 맞았을 뿐"이라고 옹호해 주었다는데 아무도 믿어주지 않았다. 담임은 마쓰키와 잇 짱보다 그들을 훨씬 더 신뢰하고 있었다.

"이렇게 난폭한 애는 처음 봐. 어쩌다 그렇게 된 거니?"

학교에 불려 갔다가 집에 돌아온 마쓰키의 어머니는 그렇게 내뱉었다. 그 후 몇 달 동안 마쓰키와 눈도 마주치려 하지 않았다.

그때부터 몇 번이나 '난폭한 애'라고 불렸다. 고등학생 때, 가족끼리 외식을 하는데 술에 취한 이상한 남자가 어머니에게 집적거리는 것을 말렸을 때도 어머니는 고마워하기는커녕 불쾌한 표정을 지었다.

"네가 또 폭력을 휘두르지나 않을까 조마조마했어"라는 것이었다.

나는 그런 사람이 아니라고 호소할 마음도 들지 않았다. 무슨 말을 하든, 무슨 행동을 하든, 어머니는 이미

그를 '난폭한 애'라는 색안경을 쓰고 보았다. 부질없는 짓이다, 모든 것이.

마쓰키 입장에서는 믿을 수 없을 정도로 사이가 좋고, 아들과 굳건한 인연으로 이어져 있는 것처럼 보이는 잇 짱의 어머니조차 초등학교 때는 늘 "무슨 말을 들어도 다른 아이를 때리면 안 돼"라고 잇 짱을 타일렀다. 무슨 일이 있어도 폭력은 안 된다고. '다른 사람에게 폐를 끼치는 아이로 키워서는 안 된다'는 생각 때문에 잇 짱 본인에 대한 이해는 뒷전으로 밀렸다.

잇 짱 어머니의 말이 틀렸다는 건 아니다. 그렇지만 부모라는 존재는 어째서 다들……. 그런 생각을 하며 마쓰키는 기요세에게 보내는 편지 글귀를 공책에 써보았다. 진실을 털어놓을 수 없을 바에야 하다못해 감쪽같은 거짓말이라도 할 수 있다면 좋을 텐데, 마쓰키는 기요세를 설득할 만한 말을 찾지 못했다. 부족한 문장력에 실망하면서 옷을 벗었다. 샤워라도 하고 나면 조금 더 나은 글이 떠오를지도 모른다.

아름다운 글씨를 쓸 줄 아는 마쓰키. 문장이 머릿속에 있는 잇 짱. 둘 다 장점을 갖고 있는데, 잇 짱은 주위에서 평가받을 기회가 적다. 마쓰키는 그것이 너무 부조리하게 느껴졌다.

저녁 무렵 침대 위에 팽개쳐 둔 스마트폰이 울렸다. 집어 든 순간 끊겼다가 바로 다시 울렸다.

"마쓰키야?"

집에 도착했어야 할 잇 짱이 전화 너머에서 힘겹게 숨을 토해 내고 있다.

"무슨 일이야?"

"고타키야. 그 녀석이 내게 전화했어. 어떻게 된 건지 내 번호를 알고 있더라고."

마오 씨가 알려준 것 아니냐고 물어봤지만 대답은 없었다.

잠깐, 만나서, 담판 짓고 올게. 그렇게 말하며 숨을 헐떡이는 잇 짱은 바로 지금 상대를 만나러 가는 길인 듯했다.

"잠깐, 어디서 만날 건데?"

"국도변에 패밀리 레스토랑 있지? 거기로 나오라는데…… 야, 마쓰키, 부탁이 있는데."

"뭔데?"

마오 씨를, 하고 잇 짱이 말했다. 고타키 류지와 만
난다는 사실을 안 마오는 자기도 가겠다며 따라왔다고
한다. 하지만 잇 짱은 마오를 데리고 가기 싫은 것이다.

"일단 편의점에 들어가서 전화 받는 척하고 밖으로
나왔어. 왜, 육교 있는 곳 알지? 지금 그 부근…… 마오
씨는 아직 편의점 안에 있을 테니까 마쓰키 너, 데리러
와서 집까지 바래다줘."

그것이 '부탁'의 내용이었다.

"잇 짱, 기다려, 야, 일단 잠깐 진정……."

끝까지 말할 수 없었다. 전화 너머에서 '퍽' 소리가
나더니 갑자기 아무 소리도 들리지 않았다.

"잇 짱? 여보세요?"

멀리서 잇 짱이 뭐라 외치는 소리가 들리더니 이어
서 갑자기 통화가 끊겼다. 서둘러 다시 걸어보았지만 무
슨 일인지 전원이 꺼져 있다는 안내가 나왔다.

대체 무슨 일이 생긴 걸까? 황급히 벗었던 옷을 다
시 껴입고 밖으로 뛰쳐나갔다. 스마트폰을 두고 왔다는
사실을 깨달았지만 가지러 돌아가지 않았다. 한시라도
빨리 가지 않으면 심각한 일이 벌어질 것 같았다.

육교 위에서 두 사람이 몸싸움을 벌이고 있었다. 한쪽이 다른 한쪽의 멱살을 잡고 뭐라 고함을 지르고 있다. 붙잡힌 쪽이 잇짱이고, 붙잡은 쪽이 고타키다. 위로 달려가 그 모습을 확인했다. 어째서 이런 곳에 있지? 패밀리 레스토랑에서 만나는 게 아니었나?

고타키 류지가 먼저 마쓰키를 알아보았다.

"아, 친구가 납셨네."

고타키가 "하하" 하고 크게 웃더니 잇짱에게서 손을 뗐다. 심하게 맞았는지 잇짱은 몇 걸음 비틀거리다가 털썩 주저앉았다. 입술이 터져 피가 흘렀다.

너하고 통화하면서 걸어가는데 갑자기 뒤에서 떠밀지 뭐야, 하고 설명하는 잇짱은 입안이 부었는지 몹시 불편한 기색으로 말했다.

팔짱을 끼고 두 사람의 대화를 듣고 있던 고타키가 천천히 입을 열더니 "떠밀긴 누가 떠밀었다고 그럽니까"라며 웃었다.

"앞에서 걸어가는 걸 보고 어깨를 두드렸을 뿐이잖아요. 당신이 놀라서 스마트폰을 떨어뜨린 거고."

"경찰……."

마쓰키는 반사적으로 주머니에 손을 뻗었다가 나직하게 신음했다. 어째서 스마트폰을 두고 왔다고 생각했을 때 바로 챙기러 돌아가지 않았을까.

"다시 한번 묻겠는데, 마오는 지금 당신 집에 있지요?"

고타키가 잇 짱을 굽어보았다. 잇 짱은 대답하지 않았다.

"착각하지 마세요. 난 그런 여자한테 미련 같은 거 없거든."

고타키가 웅크리고 앉아 잇 짱과 시선을 맞추었다.

"시계를 돌려받으려는 거예요. 걔가 훔쳐 간 내 시계."

내 시계, 라고 말하며 아무것도 없는 왼쪽 손목을 집게손가락으로 툭툭 쳤다. 그러고 보니 전에 몇 마디 나누었을 때 '비싸 보이는 시계를 차고 있다'고 생각했다.

"마오 씨가 그런 짓……"

"할 리가 없다?"

고타키가 잇 짱의 멱살을 움켜쥐었다. "손 떼"라고 제지하는 마쓰키를 힐끔 쳐다보더니 천천히 손을 뗐다.

"뭐, 당신도 어떤 의미로 피해자니까. 완전히 마오한

테 속아서는."

"아니야, 당신이 마오 씨한테 몹쓸 짓을 한 거야."

고타키가 고개를 숙이더니 요란하게 숨을 내뱉었다.
한 박자 늦게야 그게 웃음소리라는 것을 깨달았다.

"걔가 내 카드로 멋대로 쇼핑을 했어요. 그래서 때렸
지. 몹쓸 짓이 뭔데? 나쁜 짓을 했으니 벌을 받았다, 그
뿐이잖습니까? 그 여자는 자기한테 유리한 부분만 골라
서 말하는 버릇이 있으니 조심하는 게 좋을 겁니다. 자
란 환경도, 머리도 나빠서 구제불능이에요."

"그만해!" 침을 튀기며 외치는 잇 짱은 아랑곳하지
않고 고타키는 손가락을 꼽아가며 마오의 '구제불능인
점'을 열거하기 시작했다.

상식이 없다. 청소기를 돌릴 줄 모른다. 만드는 음식
이 맛없다. 눈치가 하나도 없다. 마오의 신체적인, 성적
인 부분까지 언급하기 시작하자 잇 짱이 포효하듯 큰소
리를 지르며 고타키의 어깨를 두 손으로 붙잡았다. 고타
키는 순간 비틀거렸지만 바로 떨쳐내고 일어섰다.

"사람 말은 끝까지 들어야지. 어차피 그 여자, 당신
한테 내가 얼마나 못된 남자인지 눈물 나는 이야기를 해

대며 '도와달라'느니 뭐라느니 하며 부탁한 것 아닙니까?
나한테도 그랬으니까. 그런데 걔가 내 앞에서 뭐라고 했
는지 알아요? '도시락 가게 남자가 작업을 걸어.' 그렇게
말했다니까요. 도시락을 사러 갈 때마다 편지를 준다고
요. 내가 당신 편지를 발견했을 때 그러더군요. 당신들이
그 가게에 왔던 날 있죠? 바로 눈치챘다니까요. 아, 이
사람들 마오에게 속아서 나를 보러 왔구나. 그날 바로
따졌더니 또 줄줄이 불더군요, 그 멍청한 여자. 당신 얘
기도 말이야."

　그 '당신'은 마쓰키를 향한 말이었다. 마쓰키는 잇
짱의 등을 받쳐주고 있던 팔을 내리고 천천히 일어섰다.

　잇 짱을 감싸듯 고타키 앞을 가로막고 섰다. 누가 계
단 위로 올라왔지만 그들의 모습에 위험을 감지했는지
황급히 되돌아갔다.

　"당신한테 받은 명함까지 보여주면서, 당신 여자가
역 앞 카페에서 일한다는 것까지 불던데."

　"어째서……."

　마오의 속셈이 무엇인지 전혀 이해하지 못하고 중얼
거렸다. 아주 작은 목소리였지만 고타키는 놓치지 않았다.

"어째서? 걔가 눈앞에 있는 상대의 비위를 맞추는 여자니까 그렇지. 그 순간만 모면하면 되는 거야. 그래서 매번 말이 바뀌고, 마음에도 없는 소리를 태연히 하지. 자아라는 게 없어⋯⋯. 한 번 더 말하겠는데, 마오 같은 건 아무래도 좋아. 그런 여자 이제 필요 없어. 당신 줄 테니 가져. 하지만 시계는 돌려줘야겠어. 이런 망신을 당하고 그냥 보내줄 수는 없으니까. 걔가 멋대로 쓴 내 돈도 전부 돌려받아야겠어. 마오가 이대로 모르는 척한다면 도시락 가게에도 책임을 물을 거고, 당신이 못 하겠다면."

잇 짱에게서 마쓰키에게로 시선을 돌렸다.

"친구 마쓰키 씨가 책임져 주면 좋겠네. 깜찍한 여자친구 기요세하고 함께."

"상관없는 사람을 끌어들이지 마, 마오 씨하고 직접 얘기해."

거칠게 말하는 마쓰키의 다리를 잇 짱이 힘껏 붙들었다.

"그건 안 돼, 마쓰키."

"하지만 시계니 돈이니, 이 사람하고 마오 씨 문제잖아."

"나는 이 사람이 더는 마오 씨한테 관여하는 게 싫어."

"이렇게까지 말해 줘도 아직도 감싸네."

고타키가 쇳소리처럼 날카롭게 낄낄 웃어젖히자 잇짱이 얼굴을 잔뜩 찌푸렸다.

"돌대가리."

고타키가 내뱉은 소리를 들은 순간, 몸이 멋대로 움직였다. 그때와 똑같다. 어둑어둑한, 초등학교 층계참에서, 잇짱은 주먹을 꾹 쥐고 참고 있었다.

잇짱은 머리가 나쁜 게 아니다. 네가 틀렸다.

육교 바닥을 박차고 한 걸음 성큼 내디뎠다. 고타키가 눈을 부릅뜨는 게 슬로모션처럼 보였다. 마쓰키는 성인이 되고 나서는 한 번도 사람을 때린 적이 없다. 치켜든 주먹은 고개를 살짝 튼 고타키의 뺨을 스치는 데 끝났다.

슬로모션이었던 건 거기까지였고, 그 뒤는 한순간이었다. 고타키가 어떻게 손을 치켜들어 그의 얼굴을 때렸는지 전혀 보이지 않았다. 휘청거리다가 난간에 등을 세게 부딪쳤다. 고타키가 멱살을 잡고 휘둘러서 반대쪽 난간에 부딪혀 등이 꺾였다. 필사적으로 버텼더니 이번에는 배에 주먹이 꽂혔다. 강한 충격에 숨이 멎었고 몇 초 늦게 통증이 엄습했다. 무릎을 꿇고 거칠게 콜록거리자 피 맛이 번졌다.

이 녀석 싸움에 익숙하다. 머릿속 한편에 몹시 태평한 감탄이 떠올랐다.

마쓰키한테 손대지 마! 잇 짱이 그렇게 외치며 고타키에게 달려들었다. 태클을 하듯 고타키의 몸에 두 팔을 둘렀다.

어리석다. 연속되는 고통에 쉼표를 찍듯이 생각했다. 이건 어리석은 짓이다. 상대가 뛰어난 분야에서 승부를 하면 승산이 없다. 이런 방식은 우리에게 어울리지 않는다. 잇 짱을 고타키에게서 떼어내려고 다가갔다가 반대로 머리카락을 잡아채었다.

머리카락이 뚝뚝 뽑히는 소리가 나고 통증에 입술이 일그러졌다. 이 자식, 하고 외치는 고타키의 얼굴이 바로 눈앞에 있었다. 부풀어 오르고 핏발 선 눈동자가 흉측했다.

셋이서 엎치락뒤치락하는 모양새가 되어, 버텨보려했지만 자꾸 다리가 휘청거렸다. 신발 밑창이 허망하게 허공을 갈랐다. 두 사람의 몸이 마쓰키의 시야를 가려서 그들이 어느 방향으로 움직이고 있는지 전혀 보이지 않았다.

어느새 계단 앞에 와 있었다. 그것을 깨달은 직후에 묵직한 소리가 났다. 고타키가 잇 짱을 걷어찬 소리라는 것을 알았을 때 잇 짱의 몸은 이미 허공에 떠 있었다. 반사적으로 내민 마쓰키의 손을 잇 짱이 붙잡았지만 끌어올리는 데 실패했다. 마쓰키는 균형을 잃었고, 두 사람은 한 덩어리가 되어 계단에서 굴러떨어졌다. 부딪친 다리가 아프다. 그저 그 생각뿐이었다. 아프다, 아프다, 아프다, 아파, 누가 좀 도와줘.

눈을 떴을 때, 잇 짱의 신발이 눈앞에 있었다. 뒤꿈치가 잔뜩 닳은 지저분한 스니커.

그때도 신발을 보고 있었다. 갑자기 오래된 기억이 되살아났다. 잇 짱의 신발을 보면서, 뒤처지지 않으려고 필사적으로 걸었던 날의 기억. 그 기억에 이끌리듯 졸업 문집에 썼던 글도 떠올랐다.

이게 주마등인가. 당황했지만 다른 기억은 전혀 떠오르지 않았다. 제목은 '6년 동안의 추억'. 이런 정보, 지금은 필요 없는데.

육교 위에서 고타키가 뭐라고 하는 소리가 들렸지만 내용까지는 이해할 수 없었다.

왜 이럴까, 무척 졸리다. 졸린 게 아니라 의식이 멀어지는 건지도 모른다. 그렇다면 눈을 감으면 안 될 것 같은데. 혹시 죽는 걸까? 어째서 일이 이렇게 됐을까. 기요세에게 오해를 산 채로 죽을 수는 없다. 이럴 줄 알았다면 전부 털어놓을 걸 그랬다. 잇 짱과 한 약속을 저버리더라도.

하지만 이제는 늦었다. 아마, 모든 것이.

눈을 똑바로 뜨려고 노력했지만 눈꺼풀이 멋대로 내려왔다. 제기랄, 중얼거리자 입안에 새로운 피 맛이 번졌다. 마쓰키는 그대로 천천히 의식을 잃었다.

〈6년 동안의 추억〉

마쓰키 게이타

초등학교에서 보낸 6년 동안 가장 인상 깊은 일은

가을 소풍이다. 1학년 때 만국박람회 기념공원에 갔다.

그때까지 만국박람회 기념공원에 가본 적이 없었다. 커다란 태양의 탑도 보지 못했고, 그 밖에 무엇이 있는지도 몰랐다.

나는 1학년 때는 걸음이 느려서 다른 아이들을 따라갈 수 없었다. 기다려달라고 하면 모두 화를 냈다. 다른 사람들에게 폐를 끼치면 안 된다고 했다.

하지만 그때, 잇 짱(이와이 이쓰키)이 "모두 똑같은 속도로 걸을 수 있는 건 아니야"라고 말해 주고, 다른 아이들에게 천천히 걷자고 부탁해 주었다.

그때부터 줄곧 잇 짱은 이따금 뒤를 돌아 내가 뒤처지지 않았는지 확인해 주었다. 나는 늘 잇 짱의 신발을 보며 걸었다.

졸업 문집을 쓸 때 '6년 동안의 추억' 아니면 '장래희망' 중에서 주제를 골라야 한다는 걸 알고 둘 다 쓰고 싶었다.

나는 아직 장래희망은 없다. 해보고 싶은 일이 뭔지 아직 모르겠다. 하지만 어떤 사람이 되고 싶은지는 바로 말할 수 있다. 나는 잇 짱 같은 사람이 되고 싶다. 누가 곤란에 처했을 때 도와줄 수 있는 사람이 되고 싶다.

'존경하는 사람'으로 훌륭한 사람이나 가족 중 한 사람이 아니라 친구를 고른다면 이상하다고 할지도 모른다. 하지만 나는 잇 짱을 무척 존경한다. 나는, 잇 짱 같은 사람이 되고 싶다. 그것이 나의 장래희망이다.

Chapter 8

7월 30일의 하라다 기요세

베일처럼 옅은 구름 너머로 크림색 햇빛이 거리를 옅게 물들여 간다. 방금 전까지 내리던 비로 젖은 포장도로에 죽은 매미가 굴러다니고 있었다.

요즘 하도 비가 와서 우화(羽化)에 실패한 건지도 모른다. 멍하니 그런 생각을 하는 기요세 옆에서 이와이 씨가 "불쌍해라"라며 눈썹을 찌푸렸다.

솔직히 기요세는 불쌍하다는 생각까지는 하지 않았다. 매미는 저런 경우도 있구나, 그 정도 느낌뿐이었다.

그것이 괜히 부끄러웠다.

동시에 애처롭다는 생각도 들었다. 죽은 매미는 신경 쓰지도 않고 걷는 편이, 혹은 눈에 들어와도 별 감흥 없는 사람이 아마도 훨씬 편한 인생을 누릴 것이다.

그래도 기요세는 앞으로도 죽은 매미의 존재를 알아보는 사람이고 싶었다. 바라건대 이와이 씨처럼, 자기 아닌 다른 존재의 슬픔에 마음을 쓸 수 있는 사람이 되고 싶다는 생각도. 무신경하고 타인을 짓밟는 것보다는 훨씬 낫다.

고개를 돌려 병원을 올려다보았다. 아키타 형사가 이쓰키 씨를 찾아와서, 기요세는 이와이 씨와 함께 밖으로 나왔다.

의식을 되찾은 이쓰키 씨가 처음 한 말은 "마쓰키는?"이었다고 한다. 아직 의식이 돌아오지 않았지만 살아 있다고 전하자 "그렇구나" 하고 끄덕이더니 또 잠이 들었다. 다시 눈을 떴고, 그 이튿날에는 단편적이기는 해도 대화를 나눌 수 있었다고 한다.

마오 씨 문제로 고타키와 말다툼을 하다가 싸움으로 번졌고, 몸싸움 끝에 이쓰키 씨와 마쓰키 두 사람이 계단에서 굴러떨어졌다. 그것이 진상이었다. 아키타는 고타키의 행방을 모른다고 했지만 어느 정도 짐작은 하고 있는 듯한 말투였다. 기요세를 상대로 어쨌거나 몸조심하라고 거듭 당부하는 것으로 보아 그리 멀지 않은 곳에 숨어 있는 게 틀림없었다.

나란히 걷는 이와이 씨가 아까부터 몇 번이나 스마트폰을 들여다보는 것을 기요세는 알고 있었다.

"하라다 씨, 마오에게서는 연락 없어요?"

"전 연락처를 몰라요."

병원 앞에서 말다툼한 것을 마지막으로 마오 씨를 보지 못했다. 그 후로 이와이 씨 집에도 돌아오지 않고 있다. 이와이 씨가 전화를 해도, 메시지를 보내도, 아무 반응이 없다고 한다.

"병원에서 만났죠?"

기요세는 적당히 얼버무렸다. 그때 있었던 일을 상세히 이야기할 수는 없었다. 마오 씨가 이쓰키 씨의 편지를 버렸다는 것, 이쓰키 씨에 대해 했던 말까지 설명해야 하기 때문이다.

기요세보다 몇 걸음 앞에서 바닥을 바라보며 걸어

가는 이와이 씨의 듬직한 뒷모습이 살짝 떨렸다. 이와이 씨가 "조금 안도하는 마음도 있어요"라고 고개를 돌리지 않고 말했다. 모퉁이를 돌아 병원 건물을 따라 걷기로 했다. 목이 말라서 자동판매기에서 탄산수를 샀다. 차가운 녹차를 고른 이와이 씨는 페트병에서 입을 떼고 바로 마스크를 다시 썼다.

"의식은 돌아왔지만 어쩌면 후유증이 남을지도 몰라요. 저런 우리 애 곁에 앞으로도 같이 있어달라는 말은 차마 할 수 없으니까."

"그런가요?"

"그럼요. 마오는 아직 젊으니까. 이쓰키보다 더 좋은 사람이 생길 거예요."

이와이 씨는 예전에 마오에게는 뭔가 숨기는 게 있는 것 같다고 했다. 그런 의미에서도 '안도'한 것일지도 모른다. 실제로 마오 씨는 이쓰키 씨를 좋아해서 접근한 게 아니라고 기요세 앞에서 똑똑히 말했다.

마쓰키의 공책에 남아 있던 편지 초안의 글귀가 차례로 떠올랐다. 소박하지만 애처로울 정도로 순수한 표현들.

당신의 내일이 좋은 날이 되기를. 그렇게 진심으로 상대를 생각할 수 있는 사랑은 흔치 않다.

"하라다 씨는 어때요?"

어떠냐는 막연한 물음에 이와이 씨의 망설임이 묻어났다.

만약 마쓰키가 이대로 깨어나지 않는다면?

깨어나더라도, 심각한 후유증이 남는다면?

그래도 당신은 그 아이와 함께 사는 길을 택할 건가요?

각오는 굳건한가요?

대답할 수 없었다. 기요세는 알 수 없었다.

"……저는 지금까지 마쓰키뿐만 아니라 그 누구도 이해하지 못했어요. 이해하려고 하지 않았어요. 다른 사람을 볼 때 '뭔가 이유가 있을지도 모른다'고 생각할 상상력이 부족해서……. 그래서 직장 동료를 상처 입히기도 했어요."

스스로의 각오보다도, 과연 마쓰키가 그것을 바랄까?

어떤 선택을 하더라도 분명 정답이 아니라는 확신만큼은 있었다. 지금까지 그랬던 것처럼 몇 번이고, 몇 번이고, 기요세는 판단을 그르치리라. 그래도. 속으로 중얼거리며 기요세는 탄산수를 마셨다. 따가운 탄산이 입안을 찔렀다. 걸어가는데 이마에 땀이 맺혔다. 나무들의 짙푸른 초록이 놀랍도록 아름다웠다. 이 아름다운 풍경을 마쓰키에게 보여주고 싶다. 함께 보고 싶다. 이 마음이 답이었다.

"슬슬 경찰도 이야기가 끝났겠죠?"

말을 하다 말고 입을 다문 기요세를 배려하듯 이와이 씨가 화제를 돌렸다.

"그러네요, 돌아가 볼까요."

그녀의 말에 크게 끄덕이며 걸음을 서둘렀다.

"안녕하세요."

휠체어를 탄 이쓰키 씨는 면회실에 들어오자마자 또렷한 목소리로 말했다. 환자복에 감싸인 무릎에 얹은 손등에는 아직 상처가 남아 있어 안쓰러웠다. 오늘부터 일반병실로 옮긴다고 했다.

마쓰키도 집중치료실 근처 개인 병실로 옮겼다는데, 오늘은 아직 얼굴을 보지 못했다.

"기요세 씨 맞죠? 마쓰키에게 항상 이야기는 들었어

요."

이쓰키 씨는 거기서 말을 끊고 기요세의 얼굴을 뚫어져라 바라보았다. 눈앞에 있는 기요세의 인상과, 마쓰키의 이야기 속에 등장한 기요세의 이미지를 대조하는 것처럼 보였다. 이쓰키 씨가 그대로 입을 다물어버려서 대체 얼마나 차이가 나는 건지 불안해졌다. 실제의 기요세와 공상 속의 기요세.

"드디어 만나볼 수 있어서 기쁩니다."

이쓰키 씨가 살며시 눈가를 누그러뜨렸다.

"예, 저도 그래요."

그렇게 말하며 지금과 다른 상황에서 만나고 싶었다고 생각했다. 마쓰키가 "연인으로 친구에게 소개하고 싶다"고 했을 때, 억지로라도 일정을 맞췄어야 했다. 마쓰키는 어떤 식으로 나를 소개해 줬을까, 머릿속 한편으로 생각했다. 조금 쑥스러워하거나 긴장하는 마쓰키가 보고 싶었다.

실없는 상상은 기요세의 뺨을 누그러뜨렸지만 동시에 가슴을 아프게 했다. 이제 그런 일조차 '당연'하지 않은 일이 되고 말았다.

"마오 씨는?"

이쓰키 씨는 기요세의 어깨 너머로 어머니에게 시선을 던졌다. 이와이 씨는 "아아" 하고 우물거리다가 "조금 바쁜 모양이야"라고 고개를 숙였다.

"그래요."

이쓰키 씨가 눈을 감았다. 이와이 씨가 불쑥 "카레"라고 했다. 이쓰키 씨가 눈을 뜬 것과 동시에 "네가 퇴원하면 카레 종류를 늘리고 싶어", "역시 인기 메뉴니까"라고 쏟아냈다. 마오 씨에게서 화제를 돌리고 싶은 건지도 모른다.

"……늘리고 싶다니 얼마나? 다섯 종류쯤?"

이쓰키 씨는 약간 기가 눌린 듯 눈을 껌뻑거리면서도 비스듬히 허공을 올려다보고 있었다. 벌써부터 이와이 도시락에서 팔 카레 메뉴를 고민하는 걸까?

"카레에 맞는 샐러드도 새로 고민하면 좋겠고."

"어, 그렇게까지 하려고? 카레 가게인 줄 알겠네."

이와이 씨와 이쓰키 씨가 서로 얼굴을 마주 보며 웃었다. 끼어들 수 없는 화제 속에서 피어나는 웃음은 원심력이다. 기요세를 멀리 밀어낸다.

그들은 이미 퇴원 이후의 계획을 이야기하는 단계로 향하고 있지만 기요세는 아직 거기에 다다르지 못했다. 저는 그만, 하고 등을 돌린 기요세에게 이쓰키가 "마쓰키한테 말을 많이 걸어주세요"라고 했다.

"그렇게요."

목소리가 떨리지 않도록 숨기느라 얼굴을 볼 여유가 없었다. 이쓰키 씨가 의식을 되찾은 것은 정말 기쁜 일이다. 그 덕분에 사고의 진상도 알게 되었으니까. 하지만 "왜"라는 생각이 드는 건 역시 어쩔 수 없었다.

왜 눈을 뜬 게 마쓰키가 아니었을까.

왜 마쓰키는 아직 잠에서 깨지 못하는 걸까.

말을 많이 걸어주라니. 어째서 이쓰키 씨는 아이를 타이르듯, 그렇게 뻔한 소리를 내게 굳이 했을까.

이쓰키 씨는 아무 잘못도 없다. 분명 알고는 있는데, 초조함만 쌓여갔다. 얼마 전에야 다 읽은 《깊은 밤의 강》 마지막 장면이 머릿속을 스쳤다.

강기슭에 선 사람은, 바닥에 가라앉은 돌의 수를 알지 못한다. 나는 한 장씩, 편지지를 찢어 허공에 흩뿌렸다. 어둠 속에 떠오르는 크림색 꽃잎 같은 종잇조각들은 먼저 강가에 떨어졌다가 다시 바람을 타고 떠올랐다. 하늘을 높이 날지도 못하고 그저 한순간 떠올랐다가 바로 수면 위로 떨어져, 흘러가고, 가라앉았다. 나는 그것을 지켜보면서 니나가 죽었다고 생각했다. 처음 부고를 받았을 때도, 무덤 앞에 섰을 때도 제대로 받아들일 수 없었던 사실을, 이제야 가슴에 담을 수 있었다.

이야기 속에서 니나는 죽는다. 마쓰키는 죽지는 않았다. 하지만 깨어난다는 보장은 없다.

결국 마쓰키의 병실에 들르지 않고 병원을 나왔다. 이제 일하러 가야 한다. 벌써 몇 번이나 시나가와 씨와 다른 직원들이 근무일을 바꿔주었다. 아오키 말로는 기요세가 일하다가 빠져나와 병원에 간 사이 사장이 두 번 찾아왔다고 한다. 두 번째 왔을 때는 "하라다 씨는 또 없어?"라고 한숨을 쉬었다고 한다.

이러다 강등당할지도 모른다고 생각하니 발걸음이 무거워졌다. 강등이면 그나마 낫지만 해고당할 가능성도 있다. 전화로 통화한 마쓰키의 어머니는 입원에 드는 비용에 대해서는 아무 말도 하지 않았다. 그러면 기요세가 부담해야 하는 걸까? 역시 지금 직장을 잃는 것은 너무 위험하다. 그렇다면 일을 우선해야 할까.

스마트폰을 열자 시노가 보낸 메시지가 몇 개 있었다. 일이 끝나면 연락을 해달라는 내용이다.

바로 무슨 말이라도 답장을 해야 한다. 가령 스티커 하나만이라도. 'OK'를 뜻하는 스티커라면 몇 개나 갖고 있다. 마음을 써주는 친구에게 뭐라도 반응을 해야 한다. 하지만 손가락이 움직이지 않았다. 그렇게 쉬운 일이 이렇게나 어렵다.

만약 마쓰키가 이대로 깨어나지 않는다면. 깨어나더라도 심각한 후유증이 남는다면. 앞으로 다가올 일들을 생각할 때마다 비명이 터져 나올 것 같다. 치밀어 오르는 눈물을 꾹 참고 초조한 마음으로 천천히 고개를 든 기요세의 눈에 낯익은 여자 모습이 들어왔다.

"마오 씨!"

큰 소리로 불렀지만 도로 건너편에 있는 그녀는 듣지 못한 것 같았다. 마오 씨는 병원을 올려다보고 있었다. 마스크를 쓰고 있어서 어떤 표정인지는 잘 모르겠다. 다시 한번 불러보려다가 그래서는 안 되겠다고 생각을 바꾸었다. 달아날지도 모른다. 가로수 뒤에 숨어서 마오 씨의 행동을 살폈다.

마오 씨는 한참 병원을 바라보다가 시선을 돌리고 걸음을 뗐다. 거리를 두고 뒤를 따라갔다. 따라가면서 클로세트에 전화를 거니 아오키가 받았다. "조금 늦게 돌아갈 것 같아"라고 말하자 잠깐 침묵했다가 "알겠습니다"라는 대답과 함께 큰 한숨 소리가 이어졌다.

"미안."

사과할 정도면 이 상황을 어떻게 해야 한다는 걸 머리로는 아는데 입에서 멋대로 그런 말이 새어 나왔다. 아오키가 "그"라고 입을 열었다가 작게 헛기침을 했다.

"그런 점을 말하는 거예요, 점장님."

"응?"

사장님께 전부 들었어요, 라고 아오키가 말을 이었다.

"사귀는 사람이 입원해서 지금 엄청 힘들잖아요. 왜 그런 사정을 우리한테 제대로 설명해 주지 않는 겁니까?"

사장에게만 전화로 마쓰키의 입원에 대해 설명했다.

사장은 기요세에게 확인도 하지 않고 직원들에게 그 이야기를 전한 건가. 순간 어이가 없었지만 생각을 바꾸었다. 생각해 보면 사실 기요세가 직접 아오키나 시나가와 씨에게 제대로 설명했어야 했다.

두 사람은 지금까지 기요세의 개인 사정에 일절 간섭하지 않았고, 기요세도 그랬다.

"물론 저희도 힘들어요. 점장님이 안 계셔서 정신이 없어요. 당연히 그렇죠. 하지만 저번처럼 쓰러질 정도로 무리할 바에야 처음부터 저희한테 부탁하면 좋잖아요."

"아르바이트생한테 그렇게까지 부담을 줄 수 없으니까."

"무슨 말씀이에요? 벌써 부담을 팍팍 주고 계신데."

피식 웃는 소리에 입을 다물 수밖에 없었다. 전화 너머에서 주방 직원이 뭐라고 말하는 소리가 들렸다.

"사장님이 그러셨어요. 잘 도와주라고. 점장님은 이 것저것 속에만 담아두는 버릇이 있다고요. 육성 게임이라고 생각하고 플레이하라던데요. 자네들이 대하는 방식에 따라 훌륭한 점장이 될 수 있다나 뭐라나."

"육성 게임……."

전화로 통화했을 때 사장은 별 관심 없다는 듯이 "아, 그거 큰일이네. 알았어, 알았어"라는 말뿐이었다.

차마 말을 하지 못하는 기요세를 배려하듯 아오키가 활달하게 말했다.

"신경 쓰지 마세요. 저, 그때 협상해서 시급을 올려 받기로 약속했거든요. 아, 시나가와 씨도 함께요. 점장님 뒤처리 대가. 그러니 안심하고 저희를 믿어보세요."

시급을 올려준다고 해도 몇십 엔일 텐데. 그런 생각을 하며 이번에는 참지 못하고 흘러넘친 눈물을 손가락으로 닦았다. 아오키는 굳이 따지자면 남에게 관심이 희박한 타입인 줄 알았다. 나는 하나도 몰랐다. 아오키도 그렇고, 시나가와 씨도, 사장님도. 이토록 아무것도 모른 채 혼자서만 애쓴다고 믿었던 나를 그들은 보이지 않는 곳에서 항상 도와주었던 것이다.

정말 고마워. 그렇게 말하는 목소리가 몹시 떨렸지만 더 이상 숨길 필요가 없었다.

통화하는 사이에 마오 씨는 거침없는 발걸음으로 교차로를 건너 편의점으로 들어갔다. 밖에서 들여다봤지만 가게 안에서 모습을 찾을 수 없었다. 당황해서 두리

번거리던 기요세는 소리를 지를 뻔했다. 계산대에 초록색 유니폼으로 갈아입은 마오 씨가 서 있었다.

"그래서, 그대로 돌아왔어?"

"응."

그랬구나. 시노는 끄덕거리며 납작한 상자에서 피자를 한 조각 집었다. 기요세도 따라서 한입 먹었다. 이미 차갑게 식어서 짭짤한 치즈 맛이 한참이나 혓바닥 위에 남았다. 피자는 오랜만에 먹는다. 마쓰키의 집에 가서 공책을 발견하고 싸웠던 2월의 그날 이래로 처음일지 모른다.

일을 마치고 연락하자 시노는 바로 클로셰트에 나타났다. 얼굴을 보자마자 한다는 말이 "피자 먹고 싶어"였다.

"어제부터 계속 피자 생각만 했어. 짝사랑인가 싶을 정도야. 하지만 배달 피자는 혼자 먹기에 너무 크니까."

그러니까 기요세도 같이 먹자, 하고 팔을 잡아끌며 기요세의 아파트까지 함께 왔다. 걱정되니까 곁에 있어주겠다고 말하지 않는 시노의 배려를 진하게 느끼며 기요세도 모르는 척 "아, 그럴 때 있지" 하고 웃어넘겼다.

몇 시간 전, 마오 씨를 쫓아가면서 그다음 순간을 상상하고 있었다. 고타키, 혹은 또 다른 남자를 만나는 모습을 상상했다. 설마 편의점에서 아르바이트를 하고 있을 줄은 몰랐다. 그것도 병원에서 그리 멀지 않은 편의점에서.

"생각해 보면 그 마오 씨라는 사람이 육교에서 떠민 것도 아니니까. 평범하게 살고 있겠지."

시노의 말이 옳다.

"하지만 난 받아들일 수 없어."

기요세에게 "마쓰키 씨가 잘못한 거예요"라고 말했던 마오 씨는 대체 무슨 목적이 있었던 걸까? 자기에게는 사고 책임이 없다고 주장하고 싶었던 걸까? 아니면 마오 씨 말처럼 처음 만났을 때부터 기요세가 싫어서 그냥 심술을 부렸던 걸까?

당신이 남자를 이용하지 않고 살 수 있는 건. 마오 씨는 그렇게 말했다. 당신이 나보다 잘나서 그런 게 아니다. 그저 나보다 운이 좋았을 뿐이라고.

"그 사람이 하는 말, 조금은 알 것도 같아."

시노가 중얼거렸다. 내리뜬 눈썹이 뺨에 작은 그림

자를 드리워, 그것 때문에 무척 지친 표정으로 보였다. 기요세는 대답하지 않았다.

억울한 사건이나 타인의 비상식적인 언동을 목격했을 때, 언제나 "저런 짓을 하는 사람이 있다니 믿을 수 없어"라고 눈썹을 찌푸렸다. 그 말 한마디로 바로 남의 일이라고 생각할 수 있었다. 마음은 아프지만 선을 그을 수 있다. 나는 저런 사람이 아니야, 그렇게 안심할 수 있다. 나도 어떤 계기로 그렇게 됐을지 모른다는 상상만으로도 끔찍했다.

마오 씨의 말이 옳다. 기요세가 '그런 사람'이 되지 않은 것은 기요세의 노력 때문이 아니다. 운이 좋았을 뿐이다. 유복하지는 않았지만 평범하게 한 사람의 인간으로 존중해 주는 가정에서 나고 자랐다. 지금도 힘들 때 달려와 주는 친구와, 큰 피해를 입으면서도 개인 사정이 있는 그녀를 배려해 주는 직장이 있다.

운이 좋았다, 그저 그뿐.

병실에서 이쓰키 씨에게 들은 마오 씨의 과거를 떠올렸다. 가정에 머물 곳이 없다는 것. 한번 집을 나오니 그 후로 의지할 수도 없었다는 것. 만나는 남자들에게 항상 협박당했다는 것. 오로지 빼앗기고, 상처만 입어왔다는 것.

"더 빨리 만났더라면 좋았을지도 모르겠다. 그, 마오 씨하고."

식욕이 더 일지 않는다. 배불러, 그렇게 중얼거리며 피자 상자를 밀어냈다. 시노는 계속 떠들었다.

"고등학생 때를 생각해 봐. 모두 저마다 고민이 있었잖아. 우리도 어렸고, 절대 해결해 줄 수는 없었겠지만 이야기는 들어줄 수 있었을 텐데. 괜찮아, 우리가 있어. 만약 그 시절의 마오 씨에게 그렇게 말해 줄 수 있었다면 뭔가 달라졌을까?"

눈을 감으니 현실이 아닌 광경이 선명하게 떠올랐다. 같은 교복을 입은 시노와 기요세, 그리고 마오 씨. 시끄러운 교실 안에서 마오 씨는 홀로 책상에 뺨을 괴고 있다. 시노가 다가가서 말을 걸자 마오 씨가 깜짝 놀라 눈을 크게 뜬다. 시노가 기요세와 친구들을 향해 손짓을 한다. 기요세는 다른 아이들과 얼굴을 마주 보았다가 조심스레 다가가리라.

과거로 돌아가 그녀와 다시 만날 수 있다면.

괜찮아, 우리가 있어. 만약 그렇게 말해 줄 수 있었다면. 그런 남자는 그만두라고 충고해 줄 수 있었다면. 집에서 뛰쳐나온 그녀를 재워 줄 수 있었다면. 뭔가, 달라졌을까?

가공의 교실에서 친구들에게 에워싸여 쑥스럽게 고개 숙이는 마오 씨를 기요세는 언제까지고 바라보고 싶었다.

반응 없는 상대에게 말을 걸기는 의외로 어려운 일이다. 혼잣말 같아서 허무하기도 하다. 그래서 기요세는 매일 밤 편지를 쓰기로 했다. 출근하기 전이나 퇴근길에 들러서 마쓰키에게 그 편지를 읽어준다. 말을 거는 것보다 훨씬 마음이 편하다.

실없는 내용이다. 일 이야기, 그날의 날씨, 무엇을 먹었는지. 마쓰키가 웃거나, 그게 뭐야라고 중얼거리는 얼굴을 상상하며 읽는다.

어제 고타키를 찾아냈다는 내용도 써서 읽어주었다. 회사에 무단결근하고 있던 고타키는 친구 집에 숨어 있었다고 아키타가 알려주었다. 마오 씨가 쓴 돈을 돌려받을 셈으로 이쓰키 씨를 불러냈던 거라고 진술했다고 한다.

계단에서 떨어진 두 사람을 보고 사건 연관성을 은폐하기 위해 이쓰키 씨 스마트폰을 강에 버렸다고도 했다. 그 외의 일들은 앞으로 상세히 조사할 예정이라고 했다.

"안녕, 마쓰키."

이불 위로 가슴을 톡톡 두드리자 눈썹이 움찔거린 것처럼 보였다. 놀라서 잠시 지켜보다가 그냥 기분 탓일지도 모른다고 생각하기로 했다.

가방에서 편지를 꺼낼 때 함께 들어 있던 문고본이 떨어졌다. 마쓰키의 집에 있던 《깊은 밤의 강》이다. 이미 다 읽었지만 마쓰키가 언제 눈을 뜨더라도 사과할 수 있도록 항상 가지고 다닌다.

"읽어줄게."

언제나 그렇듯 침대 옆에 몸을 수그리고 작은 목소리로 읽어주었다.

마쓰키에게.

이쓰키 씨는 다음 주에 퇴원한대. 떨어졌을 때 순간적으로 마쓰키가 감싸준 덕분에 부상이 가벼웠던 것 같대.

마쓰키가 깨어나서 퇴원하면 꼭 이로토리도리라는

가게에 가자고 이쓰키 씨가 그랬어. 가게 이름이 특이하
다고 했더니 오랜만에 웃더라. 시노도 함께 부르고 싶어.
네게 소개하고 싶거든.

전에 말했던 시나가와 씨 기억해? 클로셋트 아르바
이트생. 언제였더라, 전에 마쓰키한테 혼났는데 그 후로
여러 일들이 있어서 지금은 자주 메시지를 주고받아. 내
가 없는 동안 가게가 어땠는지 자세히 알려주기도 하고,
아오키라는 친구도 전보다 자주 나와줘서 정말 도움을
많이 받고 있어.

정말, 도움을 많이 받고 있어.

시나가와 씨는 그래도 역시 지금 가게 스타일로는
혼란스러운 일도 많은 것 같아서, 그 부분은 점장으로서
이런저런 규칙을 바꿔나가야 할 것 같아.

또 내 얘기를 들어줘. 마쓰키의 조언을 듣고 싶어.

그리고. 그리고 어제, 마오 씨를 만나러 갔어.

거기까지 읽고 기요세는 마쓰키를 바라보았다.

'연수생'이라는 명찰을 가슴에 단 마오 씨는 기요세
를 보고도 그리 놀라는 표정이 아니었다. 기요세가 편의
점에 들어갔을 때, 마오 씨는 옆에 있는 점원에게 주의를

들으며 꾸물꾸물 포스기를 조작하고 있었다.

바구니 한가득 과자와 주스를 넣고 계산대에 올려놓자 마오 씨가 눈썹을 찌푸리면서도 일단은 "어서 오세요"라고 인사했다. 손님 몇 명이 기요세 뒤에 줄을 섰고 마오 씨의 사수로 보이는 점원이 옆 계산대로 옮겨간 타이밍을 노려 "이쓰키 씨, 의식을 되찾았어요"라고 말했다.

마오 씨는 아무 반응도 보이지 않고 바코드 리더기를 조작했다.

"봉투는 필요하신가요?"

"어째서 그런 말을 했죠? 마쓰키가 잘못했다는 말."

"봉투는 필요하신가요?"

처음부터 고타키 이야기를 하지 않은 건 무서워서 그랬나요? 말하지 말라고 협박이라도 당했나요? 그렇다 해도 마쓰키를 악인으로 만들 필요는 없지 않았나요? 쉴 새 없이 물었지만 역시 묵묵부답이었다. 삐, 삐, 바코드를 읽는 소리만 두 사람 사이에 쌓여갔다.

천장에서 내려와 있는 비닐 가림막 너머로 작게 떨리는 마오 씨의 손이 보였다.

"2,640엔입니다."

"마오 씨!"

옆 계산대에서 점원이 이쪽을 살피는 게 보였다. 기요세는 마지못해 지갑에서 천 엔짜리 지폐 세 장을 꺼냈다.

"방해됐으니까."

마오 씨가 억누른 낮은 목소리로 말했을 때, 얇은 마스크 너머로도 그 입술이 일그러지는 것이 보였다.

"언제나 '마쓰키', '잇 짱' 하면서 찰싹 들러붙어 다니고. 나하고 있을 때도 마쓰키 얘기뿐이고."

그래서, 하고 말하면서 작은 트레이에 거스름돈을 담는다.

"남자는 같은 남자한테는 폭력을 휘두르지 않아. 지배하지도 않아. 빼앗지 않아. 대등하니까. 비겁하지 않아?"

그건 사람마다 다르다고 말하려다가 그런 문제가 아니라는 것을 깨달았다. 사람마다 다르다. 그런 뻔한 소리가 지금 이 자리에서 무슨 도움이 된단 말인가.

"이쓰키 씨가 고타키를 죽여줬으면 좋았을 텐데. 아니면 고타키가 그 사람들을 죽이던가. 그러면 몇 년 교도소에 들어가 줄 테니까. 깡그리 사라져주면 좋았을 텐데. 멋대로 반해서는 기대를 품고 접근하고, 자기 마음대로 되지 않으면 바로 여자는 멍청하다느니 무섭다느니 교활하다느니 그런 말이나 하고."

기요세는 느릿느릿 시간을 들여 동전을 한 개씩 지갑에 넣었다.

"나도 딱히 좋아서 여자로 태어난 게 아닌데."

그 말에 묻어나는 마오 씨의 악의와 절망을, 거기에 이른 나날들의 숨은 사정을 알고 싶었다. 공유하지는 못해도, 그저 알려준다면.

"난 마오 씨하고 조금 더 빨리 만나서 친구가 될 수 있었다면 좋았을 거라는 생각을 해요."

시노와 함께 그렸던 수많은 '만약'이 머릿속을 스쳤다. 만약 마오 씨가 우리 친구였다면. 만약 과거로 돌아가 도와줄 수 있다면.

마오 씨의 마음에 흐르는 어둡고 깊은 강을 생각했다. 물밑에 가라앉은 수많은 돌을 하나하나, 주워 올릴 수 있다면.

우리의 이야기는 조금 다른 결말을 맞이할 수 있었을 것이다.

기요세는 기다렸다. 마오 씨의 표정에 조금이라도

감정이 나타나는 순간을. 숨을 멈추고, 기도하듯 계속 기다렸다.

"……바보 아냐?"

꾹 억누른 나직하고 무거운 목소리가 기요세를 꿰뚫었다. 숨을 쉬지 못하고 고개를 숙였다.

"자기한테 못된 짓을 한 여자한테, 그래도 다가서려는 태도를 보이다니, 너그러운 사람이 된 것 같아서 기분 좋아?"

마스크 밑에 가려진 뺨이 순식간에 화끈거렸다. 그에 반비례해서 손끝이 얼어붙어 좀처럼 영수증을 집을 수가 없었다.

"친구가 될 수 있었다면 좋았다? 뭐야, 그게? 당신의 싸구려 구원 스토리에 나를 끌어들이지 마."

"또 올게요, 마오 씨."

"오지 마."

"……클로세트 알죠? 역 앞에 있는. 제가 일하는 곳. 만약에."

"대체 무슨 소리를 하고 싶은 거야? 소름 끼치니까 그만 돌아가 줘."

민폐야, 그렇게 말하는 마오 씨의 목소리가 갈라졌다.

무슨 소리를 하고 싶은 건지, 나도 이제 모르겠다. 이토록 분명하게 거부당하고 있는데 아직도 끈질기게 매달리고 있다. 마오 씨에게서 어떻게든 혐오감 이외의 감정을 끌어내고 싶어 안달이 났다. 그런 볼썽사나운 내 모습에, 부끄럽다는 생각을 뛰어넘어 큰 소리로 웃어젖히고 싶었다.

"돌아가. 말했지? 난 당신이 싫다니까."

그러고 보니 그때 마오 씨도 웃고 있었다. 처음 만났던 날. 패밀리 레스토랑 테이블에 두 팔꿈치를 괴어 얼굴을 가리고. 대체 어떤 심정이었을까? 이쓰키 씨의 편지를 버리고 나와 말다툼했을 때도 웃었다. 즐겁지도, 재미있지도 않을 때만 웃었다. 그 사실이 마오 씨의 어떤 말보다도 기요세를 강하게 때렸다.

기요세는 휘청거리듯 계산대에서 물러났다.

"이젠 정말 오지 마."

딱딱한 목소리가 등을 때렸다. 자동문 앞에서 뒤를 돌아보았지만 마오 씨의 모습은 유리 케이스에 가려서 보이지 않았다.

그런 일들을 떠올리느라 한참이나 입을 다물고 있었던 것을 깨달았다.

다리를 움직이자 무릎 위 가방 속에 있던 《깊은 밤의 강》 모서리가 따끔하게 살을 찔렀다. "미안, 오늘은 그만 읽을게" 하고 잠든 마쓰키에게 말하고 편지지를 접었다.

'강기슭에 선 사람은, 바닥에 가라앉은 돌의 수를 알지 못한다.'

《깊은 밤의 강》뿐만 아니다. 지금까지도 아름다운 이야기를 수없이 읽었다. 상처받은 사람들이 타인에게 구원받아 회복하는 이야기에 몇 번이나 눈물을 흘렸다. 이야기 속에 나오는 사람들은 남이 내민 손을 밀어내지 않는다. 중간까지는 주인공에게 반발하더라도 끝나기 전에는 마음을 열고 상대에게 고마워한다. 책을 읽는 동안 기요세는 그것이 당연한 전개라고 생각했고, 책을 덮은 후에도 의심한 적이 없었다.

그것이 바로 가장 큰 죄인지도 모르겠다. 기요세는

이제야 겨우 깨달았다. 구원의 손길을 받은 사람은 반드시 감사해야 하고, 타인의 지원을, 배려를, 순순히 받아들여야 한다고 믿고 있었다. 마음이 일그러진 사람은 모두 '뉘우쳐야' 한다고.

용기를 내서 내민 손을 상대가 쳐낸 순간의 가슴 철렁한 부끄러움, 민망함. 마오 씨를 만나고 기요세는 질릴 정도로 그것을 경험했다. 하지만 실제로 누구의 손을 선택할지도, 손을 잡는 타이밍도 당사자가 정할 일이다. "모처럼 도와주려는데"라고 상대의 태도를 비난하는 행동은 처음부터 손을 내밀지 않는 것보다 훨씬 저열하다.

마오 씨는 기요세가 내민 손을 쳐냈다. 지금은 그 사실을 있는 그대로 가슴에 품어두기로 했다. 그 사실의 무게에 두 팔이 삐걱거리고, 격렬한 고통에 시달리더라도, 지금은 그대로.

기요세는 새삼 간절히 바랐다. 마오 씨가 앞으로 맞이할 내일이, 언제나 좋은 날이기를.

당신이 나를 싫어해도 돼. 그래도 나는 당신의 내일이 좋은 날이 되기를 바랄 거야.

부스럭, 희미한 소리가 기요세의 귀를 스쳤다.

이불 위에 나와 있던 마쓰키의 손이 살짝 움직인 것이었다.

기요세는 천천히 마쓰키의 얼굴로 시선을 돌렸다.

편지지를 떨어뜨릴 뻔했다.

마쓰키가 눈을 희미하게 뜨고 있다.

마쓰키의 눈썹이 오르내리는 것을, 기요세는 숨을 삼키고 지켜보았다. 한참 초점이 맞지 않았던 마쓰키의 눈이 마침내 기요세에게서 멈췄다. 하얗게 메마른 입술이 벌어졌지만, 목소리가 제대로 나오지 않는 듯했다. 힘겨운 숨소리만 토해 내는 그 모습을 기요세는 숨을 삼키고 지켜보았다.

"뭐?"

마쓰키가 뭔가 말하려 했다. 입술이 '이'라는 형태로 변했다.

"이? 그렇게 말한 거야?"

고개가 살짝 옆으로 움직였다. 몇 번이나 되풀이하는 것을 보고 겨우 '기'라는 것을 알아들었다. 다음은 '요'.

마쓰키가, 기요세의 이름을 부르려 하는 것이다.

다음으로 '세'라고 할 줄 알았더니 입술은 다시 '이'

라는 모양을 취했다. 기요치. 둘만 있을 때 부르는 애칭.

"응."

기요세가 힘껏 고개를 끄덕이자 마쓰키가 안도한 듯 눈가를 누그러뜨렸다. 기요세든, 기요치든, 원한다면 캐 럴라인 백작 영애든 뭐든 상관없었다. 마쓰키가 불러준 다면 어떤 이름이라도 좋았다.

기요치. 마쓰키가 또 불렀다. 역시 목소리가 나오지 않는 것 같았다. 하지만 똑똑히 알아들었다. 흘러넘치려 는 눈물을 필사적으로 참았다. 지금 울기엔 아깝다. 연 인이 이름을 불러주는 모습을 한순간이라도 놓치고 싶지 않다고 생각하며 마쓰키의 손을 붙잡았다. 다른 손을 잡 지 못한다 해도, 이 손은 두 번 다시 놓지 않으리라.

천천히 눈을 껌뻑거리며, 마쓰키는 기요세의 손을 예상보다 강한 힘으로 맞잡았다.

Chapter 9

10월 25일의 하라다 기요세와 마쓰키 게이타

우연히 열린 편의점 자동문에서 흘러나온 달콤한 냄새에 저도 모르게 마쓰키와 얼굴을 마주 보았다.

"지금 엄청 좋은 냄새 났지?"

"응. 뭘까?"

편의점 앞에는 신규 오픈이라고 큼직하게 적힌 배너가 서 있었다. '고구마 디저트 특집'이라는 포스터를 가리키자 마쓰키가 "저건가"라고 끄덕였다.

마쓰키가 예전처럼 말을 할 수 있다는 사실이 기요

세는 기뻤다. 눈을 뜨고, 이쪽을 봐준다는 사실, 그저 그 것만으로 기뻤다. 마쓰키는 이쓰키 씨보다 2주 늦게 퇴원했다. 골절은 나았지만 아직 제대로 걷지 못해서 목발을 짚고 있다. 재활훈련에 고생하고 있고, 회사는 계속 휴직 상태로 언제 복귀할 수 있을지도 불투명했다.

"분위기 좋던데."

"응."

방금 전 클로세트에서 식사를 하고 오는 길이었다. 테이블 위에 설치된 아크릴 가림막이나 테이블마다 비치한 소독약, 종이로 만든 마스크 봉투를 흥미롭다는 듯 바라보는 마쓰키 앞에 아오키와 시나가와 씨를 비롯한 직원들이 번갈아 찾아와서 "점장님께서 항상 잘 돌봐주십니다"가 아니라 입을 모아 "점장님은 잘 돌봐드리고 있습니다"라고 하더니 팔꿈치로 서로 쿡쿡 찌르며 재미있다는 듯이 웃었다. 기요세는 조금 부끄러웠지만 사실이라 반박할 수가 없었다.

목발에 몸을 맡기고 있던 마쓰키가 얼굴을 찌푸리며 멈춰 섰다. 다리를 의식하는 것으로 보아 어딘가 아픈 건지도 모른다.

"피곤해? 택시 탈까?"

"아니."

하지만 잠깐 쉬고 싶다며 편의점 앞에 있는 화단을 가리켰다. 비둘기 배설물은 없는지 확인하고 걸터앉았다. 원래 택시를 타고 이동할 예정이었는데 마쓰키가 걸어가겠다고 고집을 부린 것이다. 이제 이만큼 걸을 수 있다는 걸 보여주고 싶다는 말에 기요세도 강하게 반대할 수 없었다.

마쓰키는 누구보다 이쓰키 씨에게 보여주고 싶은 것이다. 회복했다, 걱정할 필요 없다, 그런 모습을.

저녁에는 둘이서 이와이 씨 집에 갈 예정이다. 이와이 씨가 앨범을 보여주겠다고 했다. 마쓰키가 좋아했다는, 파 소스를 뿌린 닭튀김을 만들어두겠다는 말도.

가로수가 노랗게 물들어 있다. 어느새 계절이 완연히 바뀌었다. 멈춰버린 시간 속에 갇힌 것처럼 갑갑했던 마쓰키가 의식불명이었던 날들이나, 그 후의 탁류처럼 정신없는 나날 속에서는 계절의 변화를 느낄 여유도 없었다.

"그 돈 어떻게 할까?"

기요세가 묻자 마쓰키는 "받아둬"라고 대답했다. 몹시 가벼운 말투였지만 옆얼굴이 굳어 있는 게 보였다.

지난주 마쓰키의 어머니가 갑자기 수표를 보내왔다. 마쓰키의 아파트로 왔는데 기요세에게 전해 주라는 메모가 들어 있었다. 전화로 설명을 요구하자 "입원 중에 처리해 준 일들에 대한 위자료"라는 것이었다. "그런 것보다 만나러 와주세요"라는 기요세의 애원을 잘라내듯 전화는 뚝 끊겨버렸다.

"가지고 있기 싫으면 시원하게 써버려."

"시원하게?"

"여행이라도 갈까? 이것저것 좀 정리되면."

재활도 그렇고 세상 돌아가는 사정도 포함해서 이것저것. 마쓰키는 그렇게 말했다. 기요세는 잠깐 고민하다가 동의하듯 끄덕였다.

"여기, 편의점이 되기 전엔 뭐였지? 무슨 가게였나?"

"기억 안 나."

잠깐만 눈을 떼도 그 사이에 거리는 변한다. 아마, 사람도. 기요세가 발밑에 떨어진 은행을 실수로 밟는 바람에 마쓰키가 "으악, 냄새!"라며 웃었다.

"이쓰키 씨, 잘 지내고 있을까?"

이쓰키 씨는 아직 글자 공부를 계속하고 있을까? 그렇게 생각하는 기요세의 마음을 읽은 것처럼 엽서가 왔어, 라고 마쓰키가 중얼거렸다.

"엽서?"

"응."

마쓰키. 단 한 마디, 그렇게 적혀 있었다. 엽서 끝자락에, 커다란 글씨로. 뭔가 더 쓰고 싶었지만 말이 나오지 않았을지도 모른다.

"글씨, 제법 그럴듯해졌더라."

"그래? 다행이네."

"응. 다행이야."

다행이지만……. 마쓰키가 한숨을 쉬었다. 다행인 걸까 하고 말끝을 흐렸다.

"무슨 뜻이야?"

"할 수 있는 일이 늘어나는 건 좋은 일일지도 몰라. 하지만 지금도 그게 정말 옳은 선택이었는지 모르겠어. 뭐랄까, 노력은 분명 미덕이지만, 노력만이 정답일까? 근시인 사람은 안경을 쓰잖아. 아무도 노력해서 시력을 높이라고 하지 않아. 다리를 다치면 목발을 쓰지. 하지만 다들 잇 짱에게는 '노력'을 요구해."

바닥으로 시선을 떨어뜨리자 마쓰키의 신발이 눈에 들어왔다. 불균형하게 닳은 신발. 기요세는 대답하지 않았다. 마쓰키가 원하는 건 분명 안일한 결론이 아닐 테니까 잠자코 있었다. 그 대신 어디까지든 함께 들어줄 작정이었다. 마쓰키의 갈등을, 어디까지든, 언제까지든.

거리는 변해 간다. 사람도. 아무리 절실히 좋은 날이 길 바라도, 내일이 어찌 될지 아무도 모른다. 우리는 '후회 없는 오늘을 살아간다'는 까다로운 과제를 짊어진 동시에 '쉽게 답을 내릴 수 없는 문제에 맞서면서 기다린다'는 인내심을 요구받고 있다. 기요세는 자기 손을 바라보며 그런 생각을 했다.

"수고했어요."

"또 저녁때 도우러 올게요."

귀에 익은 목소리가 들려 기요세는 고개를 들었다. 설마 했는데 편의점에서 나온 것은 역시 마오 씨였다. 그러고 보니 예전에 마오 씨가 일하던 병원 옆 편의점과 같은 체인점이다. 혼자가 아니었다. 동료인지, 조금 연배가 있는 여성과 함께 있었다.

"미안, 잠깐 여기서 기다려."

"어, 왜 그래?"

마오 씨를 못 알아보았는지 마쓰키가 의아한 표정으로 용수철처럼 벌떡 일어선 기요세를 올려다보았다. 아무 일 아니라고 말하려다가 그만두었다.

"나중에 얘기해 줄게."

나중에 꼭 얘기해 줄 테니까, 라고 한 번 더 말하고 앞을 걸어가는 마오 씨의 뒤를 쫓아갔다. 마오 씨를 불러서 무슨 말을 전하고 싶은지 스스로도 잘 모르겠다. "아직 편의점에서 일하고 있었군요." 그런 말이라도 할 셈인가?

함께 걸어가던 여성이 주머니에서 사탕을 꺼내 마오 씨에게 내밀었다. 빨간색과 파란색 줄무늬에 천사 그림. 행운 사탕. 기요세도 어렸을 때 먹어본 적이 있다.

"아."

포장지를 뜯은 마오 씨가 걸음을 멈추었다. 옆에 있던 여성도. 뒤를 따라가던 기요세도 무슨 일인가 싶어 걸음을 멈추고 두 사람의 행동을 지켜보았다.

"왜 그래?"

"1등, 두 번째."

마오 씨가 "봐요"라면서 교통카드 지갑 같은 것을 꺼내서 보여주자 여성이 "아하하" 하고 큰 소리로 웃으며 마오 씨의 등을 가볍게 두드렸다.

"그런 걸 왜 갖고 있어?"

어처구니없다는 듯 웃는 모습으로 보건대 분명 저 카드 지갑에는 '1등' 포장지가 들어 있을 것이다.

"뭐 어때요."

조금 토라진 듯한, 그러면서도 살짝 응석이라도 부리는 듯한 목소리였다.

"이거, 조금 특별한 1등이에요."

"무슨 말이야?"

"비밀이에요."

주머니에 다시 넣기 직전, 아주 짧은 찰나, 마오 씨는 카드 지갑을 가슴에 품는 시늉을 했다.

기요세는 이해할 수 없었다. 두 사람의 대화가 갖는 의미도, 방금 전 동작의 의미도, 무엇 하나. 이해한 것은 지금의 마오 씨에게는 곁에서 함께 걸어줄 사람이 있는 것 같다는 사실뿐이다. 그리고 아마 더 쫓아가서는 안 된다는 사실도. 두 사람에게 등을 돌리고 기요세는 왔던 길을 달려서 되돌아갔다.

강기슭에 선 사람은, 바닥에 가라앉은 돌의 수를 알지 못한다. 하지만 기요세는 물밑에 가라앉은 돌이 저마다 다르다는 사실을 안다. 강조차도 모르는 돌이 가라앉아 있다는 사실도. 어떤 돌은 모났고, 어떤 돌은 동글동글 매끄럽고, 또 어떤 돌은 결정을 품고 아련하게 빛난다. 사람들은 돌을 다양한 이름으로 구분 지어 부른다. 분노. 고통. 자비. 혹은, 희망.

화단에 앉아 있던 마쓰키가 달려오는 기요세를 보고 눈에 띄게 안도하는 표정을 지었다. 그 얼굴을 보니 왠지 무척 오랫동안 떨어져 있었던 것 같았다. 다시 만나서 다행이다, 눈물이 날 정도로 강렬하게 그런 생각이 들었다. 흐트러진 숨을 가다듬고, 기요세는 '나중에 꼭 얘기해 주겠다'는 약속을 지키기 위해, 마쓰키의 귓가에 가만히 다가갔다.

옮긴이의 말

(*작품 내용을 언급하고 있습니다.)

인터넷 서점의 작가 프로필을 보면 데라치 하루나는 여성을 향한 따뜻한 시선으로 일본 문학계에서 많은 주목을 받고 있다고 소개되어 있는데, 최근에는 여성에 국한되지 않고 사람들 사이의 '차이'에 대한 이해 부족에서 오는 오해와, 서로를 이해하려는 노력에 대한 이야기로 주제 의식이 확장되었다는 생각이 듭니다.

이 작품을 읽기 시작했을 때, 한참이나 책 제목과 본문의 흐름이 부합되지 않았던 기억이 있습니다. 왠지 제목만 보면 고즈넉한 산기슭에서 잔잔히 흐르는 강을 배경으로 이야기가 펼쳐져야 할 것 같았거든요. 첫 챕터에 나온 화자가 뭔가 고민을 품고 있는 듯한 인물이었으니 이 사람이 곧 일을 때려치우고 자연 속으로 들어가려나 하는 생각도 했습니다.

또 한 가지 의아했던 점은 주요 화자인 여주인공 하라다 기요세의 이름입니다. 우리나라의 작명이 흔히 그렇듯 일본에서도 이름을 보면 어느 정도 성별이 가늠되는 경우가 많습니다. 일반적인 이미지로 볼 때 '기요세'는 퍼뜩 남성이 떠오르는 이름입니다. 하지만 끝까지 읽고 나면 제목의 의미도, 여주인공 이름의 의미도 어느 정도 파악됩니다. 작품 속에 인용되는 《깊은 밤의 강》은 가공의 도서로, 이 작품의 제목이자 주제라고도 할 수 있는 중요한 구절이 나오는데요.

'강기슭에 선 사람은, 바닥에 가라앉은 돌의 수를 알지 못한다.'

'바닥에 가라앉은 돌'은 사람들이 마음속에 품고 있는 각기 다른 인생과 감정을 의미하며, 이는 단순히 과

거의 경험뿐만 아니라 그로 인해 형성된 인격, 우리의 내면을 뜻합니다. 이러한 돌들이 차곡차곡 쌓여 우리의 인격을 형성하고, 이는 삶을 살아가는 태도 또는 결정 기준으로 작용하여 개인의 미래에도 영향을 미칩니다. '강기슭에 선 사람'은 그 돌을 품은 사람을 바라보는 타인이라고 볼 수 있으며, '강기슭'은 맞닿아는 있지만(=관계는 형성되어 있지만) 결코 하나가 될 수는 없는(=서로 다른 인격체일 수밖에 없는) 존재 사이의 경계를 뜻합니다. 기요세[清瀬]는 맑은 여울이라는 뜻으로, 곧 가라앉은 돌이 그대로 보이는 상태를 뜻한다고 해석할 수 있을 것입니다. 물론 아무리 표리일체인 사람이라도 타인이 그 사람의 내면을 전부 파악할 수 없듯이, 기요세 역시 상대에 따라 '말할 수 있는 이야깃거리'를 선택해서 들려주며 타인에게 자기의 본모습을 전부 드러내지는 않습니다. 그것은 원만한 인간관계를 구축해 상대에게 좋은 사람으로 인정받고 싶은 욕구를 가진 사람이라면 당연한 방어기제일지도 모릅니다.

이렇듯 사람은 다면성을 가지고 있고, 아무리 가까운 사이라 해도 타인을 완벽하게 이해하기란 불가능합니다. 상대에게 가지고 있던 이미지와 다른 면을 발견하면 긍정적으로 받아들일 때도 있지만 '지금까지 날 속였나' 하고 부정적으로 받아들이기도 합니다. 그 상대가 연인이라면, 내게 말해 주지 않는 비밀이 있다면, 상대에 대한 의심은 더욱 커질 수밖에 없을 것입니다. 하지만 기요세가 마오를 보며 생각하듯 우리가 '밑에 가라앉은 수많은 돌을 하나하나, 주워 올릴 수 있다면', 그 사람이 어째서 그런 행동을 했는지 상대의 입장을 헤아려보고자 노력한다면 우리는 타인을 조금 더 이해할 수 있을 것이고 세상은 조금 더 너그러워질지 모릅니다.

핵심 주제 외에도 이 작품은 그렇게 길지 않은 내용인데도 다양한 사회 이슈를 담아내고 있습니다. 성별에 대한 고정 관념 때문에 발생하는 문제들부터, 성인 ADHD나 난독증과 같은 학습장애처럼 예전에는 이름이 없었기에 '비정상', '낙오자' 같은 거친 카테고리로 분류되었던 질환들. 개인주의로 똘똘 뭉친 것처럼 보이는 신세대와 기성세대 간의 간극. 다양한 사람들이 어우러져 살아가는 현대사회에서 보편적인 '정상성'이 얼마나 세

밀하지 못한 기준인지 고민해 보게 되는 지점입니다.

　그 어느 때보다 적대와 갈등이 팽배해지고 있는 요즘, 나와 다르다는 이유로 무조건 타인을 부정할 게 아니라 서로 '다름'을 인정하고 상대의 입장을 이해하려는 노력이야말로 우리가 인격적으로 성숙해질 수 있는 첫걸음입니다.

　우리의 현재 모습은 선천적인 요인, 후천적인 환경, 개개인의 태도와 노력 등 수많은 요소들이 복잡하게 얽힌 결과이고, 지금 내가 그런 '정상'의 범주에 들어가 있다 해도 그것은 마오가 기요세에게 말한 것처럼 '그저 운이 좋았기 때문'일지도 모릅니다. 현대사회를 살아가는 사람들은 앞만 보며 달려가는 경쟁을 끊임없이 강요당하고 이로 인해 이기심은 커져만 갑니다. 이 시대에 태어난 이상 누구도 피할 수 없는 환경이지만, 그래도 '죽은 매미의 존재를 알아보는 사람'이 더욱 늘어나는 포용의 시대가 찾아오길 희망합니다.

2024년 4월

김선영

옮긴이 | **김선영**

한국외국어대학교 일본어과를 졸업했다. 방송 등 다양한 매체에서 전문 번역가로 활동했으며 특히 일본 문학 소개에 힘쓰고 있다. 옮긴 책으로는 미나토 가나에 《고백》, 온다 리쿠 《꿀벌과 천둥》을 비롯하여, 이사카 고타로 '명랑한 갱 시리즈', 《러시 라이프》, 《종말의 바보》, 요네자와 호노부 '고전부 시리즈', '소시민 시리즈', 《왕과 서커스》, 《흑뢰성》, 아리스가와 아리스 '학생 아리스 시리즈', 《작가 소설》, 그 밖에 《손가락 없는 환상곡》, 《흑사관 살인사건》, 《경관의 피》 등이 있다.

강기슭에 선 사람은

초판 1쇄 발행 2024년 5월 22일

지은이 데라치 하루나
옮긴이 김선영
펴낸이 안병현 김상훈
본부장 이승은 **총괄** 박동옥
책임편집 박윤희 **디자인** 김지연
마케팅 신대섭 배태욱 김수연 김하은 **제작** 조화연

펴낸곳 주식회사 교보문고
등록 제406-2008-000090호(2008년 12월 5일)
주소 경기도 파주시 문발로 249
전화 대표전화 1544-1900 **주문** 02)3156-3665 **팩스** 0502)987-5725

ISBN 979-11-7061-130-1 (03830)

- 책값은 표지에 있습니다.